仔羊ちゃんはそろそろ食べ頃

田知花千夏

幻冬舎ルチル文庫

C O N T E N T S ✦目次✦

仔羊ちゃんはそろそろ食べ頃

✦カバーデザイン＝久保宏夏（omochi design）
✦ブックデザイン＝まるか工房

イラスト・緒田涼歌✦

仔羊ちゃんはそろそろ食べ頃

人は変わるというけれど、それにしたって限度がある。

八月。真夏の太陽の光がすべてを灼《や》き尽くすように、燦々《さんさん》と地上に降り注ぐ。青く澄んだ晴天、海鳥の鳴き声、賑《にぎ》わう人々、夏の海辺は大盛況だ。

しかしそうしたすべてからぽつんと放り出されたように、望月《もちづき》十和《とわ》は息をのんでひとり立ち竦《すく》んでいた。

——どうして、こんな状況に陥っているのだろう。

困惑する十和の胸に、懐かしい声がよみがえる。

十和がまだランドセルを背負っていたころ、夏になるたび遊びに行った、家の近くにある小さな浜辺での思い出だった。あれから十年が経つ。よせては返す波に足を濡《ぬ》らしながら耳にした、穏やかで優しい彼の声だ。

『宝探しをしようか』

『……ぼくと、ふたりで？』

『そう。砂浜に埋めた宝物を、先に見つけたほうの勝ちだよ』

浜辺までつづく細く長い石段を、ときおり手を引いて歩いてくれたお兄ちゃんの声だった。

学生服を着た、大きな背中を思い出す。六つも年の離れた、優しい人。かつて同じ家で暮らし、小さな十和の面倒をよくみてくれた初恋の相手だ。

宝探しをしようと誘ってくれた彼に、あの日の十和はなんと答えたのだったか。もう憶《おぼ》えていないけれど、彼が望月家を出たのはそのすぐ後のことだった。彼を想うと、いつでも胸が切なく軋《きし》む。離れていた時間なんて関係ない。幼い初恋は炭酸の泡のように、十和の胸でくすぶりつづけているのだ。

もう二度と、会えない人だと思っていた。

そんな彼が、今、十和を見つめて微笑《ほほえ》んでいる。

その笑みは、けっして穏和なものではなかった。爽《さわ》やかな甘い顔立ちに浮かべた笑みは神様が手ずからつくったように完璧だけれど、彼がまとう不穏な空気に十和も気づかずにはいられない。

長身の彼に見下ろされると身が竦んだ。今にも彼の体と密着してしまいそうな距離だ。近すぎる。男らしく筋張った腕を壁につき、十和の行く手を阻んでいるこの体勢が、十和を怯《おび》えさせるのだ。

彼のまとう清涼なムスクの香りが鼻先をくすぐり、目眩《めまい》がする。

本当に、どうしてこんな状況になっているのだろう。自分の身に起きていることなのにさっぱり理解できない。

声もなく立ち尽くす十和に、彼はにこやかに告げた。

「そうやって仔羊《こひつじ》みたいに震えても、誰も助けてくれないよ?」

きれいな唇《くちびる》からこぼれ落ちた声は冷淡で、かつての優しさなどどこにもなかった。つっと、十和の額を汗が伝う。それはきっと、うだるような夏の熱気のせいではない。

――頭がよくて、優しくて、なんでもできるお兄ちゃん。

――十和が長年想いつづけていた、大好きな人。

長すぎた初恋は、力任せに振った炭酸水のように弾《はじ》けて飛び出し、十和の中で新しいなにかに変わろうとしていた。

1

かすかなヴァイオリンの音色とともに、涼やかな潮風が吹き抜ける。

七月末のよく晴れた日曜日。額に浮かぶ汗を肩で拭い、十和は顔を上げた。そのままひょいと右を向けば、小さな海が見える。

海の青と空の青を隔てる水平線が、なめらかに伸びていた。空には白くふくらんだ入道雲。見晴らしのいい高台に建つこの屋敷から海まで、家々の屋根が段々畑のように連なっている。色とりどりの屋根が、空の青にも負けないほど鮮やかだ。

幸福感に満ちた甘やかな旋律を聞きながら、十和は手にした工具を持ち直した。ヴァイオリンの音色は人の声にとても近いのだと、小さいころに亡くなったヴァイオリニストの祖母がなにかの折りに話してくれたことがある。

屋根に立てかけた脚立に足をかけ、十和は雨樋《あまどい》を支える金具の角度を器用に調節していった。

ちなみに、十和の職業は大工——というわけではない。

建築学を学んではいるが、国立大学に通う現役の学生で、ここは十和の暮らす自宅だ。先週から、長い夏期休暇に入ったところだった。

豪邸といっても差し支《つか》えのない洋館だが、とにかく古い。以前は業者に頼んでまめに修復を重ねていたが、今ではほとんど手を入れることがなくあちこちガタがきている。見た目だけは立派だが、かなり年季が入っているのだ。

大方の金具を調整してからひと息つくと、予期せず足元から声をかけられた。

「十和ちゃーん、どーお、直りそう？」

下方に目線を向けると、母親、小百合《さゆり》の姿があった。てのひらで庇《ひさし》をつくり、のんびりとした笑顔で十和を見上げている。

小動物を連想させる愛らしい容貌《ようぼう》に少女趣味なカントリー風エプロンがよく似合っているが、すでに四十代も半ばだ。

小百合は、近所では『ピアノの先生』で通っている。演奏の腕前はたしかで、かつてはピアニストとしての将来を嘱望されていたそうだ。そんな中で十和の父と大学時代に知り合い、学生結婚をしたことで、あっさり家庭を選んだと聞く。

いまだに彼女のファンは多く、表舞台への復帰を望む信望者も多い――というのは、愛妻家の父の言だ。

十和の容姿は、その母親似だと、よく言われる。

ふわふわと柔らかそうな茶色の髪にくるりと大きな目、長い睫《まつげ》、身長は一六五センチで体型もほっそりとしており、男の中では小柄の部類だ。

そんな外見のせいか、去年の学祭で女装喫茶の接客をした際には、セーラー服姿の十和を本物の女子高生だと勘違いして声をかけてくる輩《やから》が後を絶たなかった。ノーメイクだというのに性別を疑われることすらなく、あのときはさすがに落ち込んだ。

十和は横目で屋根を見やり、小百合に答える。

「大丈夫。この辺を調整したら、もう終わるから」

経年による劣化で雨樋がひどく傾き、雨が降るたびに水が異常にあふれるようになっていた。それだけでなく、雨樋同士を繋《つな》げる継手まで外れかけていたものだから、雨漏りがひどいのも当然だ。

高所での作業を軽々と再開させた十和に、小百合は感心したように声を上げた。

「お家《うち》って、大工さんじゃなくても直せるものなのね。ママ、感動しちゃったわ！」

「そんなに大したことはできないけどね。でも、今のうちになんとかしとかないと、台風の季節が大変だから」

「十和ちゃんは本当に頼りになるわ。恥ずかしがり屋さんで、ママの後ろに隠れてばかりだった子供のころが嘘《うそ》みたい」

「そんなの、大昔の話だろ」

「あら、ついこの前のことよ」

小百合が楽しそうに目を細めた。

「この間も、坂江《さかえ》の会長さんが十和ちゃんを褒めてたのよ。憶えてる？　音楽協会の会長さん。駅で会って、荷物を運ぶのを手伝ったんですってね？　十和ちゃんみたいな思いやりのある息子《むすこ》が欲しかったって、嬉《うれ》しそうに仰《おっしゃ》ってたわ」

「そんなの、偶然会って、困ってたみたいだから――って、そうだ、忘れてた！」

十和はあえて厳しい表情をつくり、小百合を見下ろした。

「母さんに言うことがあったんだよ」

「なぁに、怖い顔して」

「……母さん、また音楽協会に寄付しただろ」

小百合が大きな目をさらにまるくする。

「どうして、十和ちゃんが知ってるの？」

「そのときに会長さんからお礼を言われたんだよ。今回もご支援ありがとうございましたって」

「まあ」

「……別の市民オケに寄付したばっかりだから、しばらくは寄付関係は禁止だって、おれ、ちゃんと言ってたよね」

にこりともせず告げる十和に、小百合がしゅんと肩を落とした。

だって、と口元に手を当てて見上げてくる。

「会長さんがね、今はとっても大変な時期だっていうのよ。存続か閉鎖かの瀬戸際に立たされているなんて聞いたら、見て見ぬふりなんてできないでしょう？　それにオケのほうも、もうすぐ年に一度のコンサートなのに、資金集めがちっとも進まないって――」

「それで、先月、日和《ひな》のレッスン代が足りなくなったこと、忘れたの？」

日和とは、今年十五歳になる十和の弟だ。

先ほどから聞こえてくるヴァイオリンの音色は、日和が奏でているものだった。将来、職業として音楽の道を志している日和は、日夜練習に励んでいるのだ。

「だけど、どうにかなったわ」

「なったんじゃなくて、どうにかしたんだよ」

お気楽な母親に、さすがに十和は語気を強めた。

音楽はお金がかかる。

十和のレッスンだけでも、一度で何人の諭吉《ゆきち》さんが飛んでいくことか。東京在住の高名な演奏家に師事しているため、往復の交通費だって馬鹿にならない。

先月の不足分はどうにか都合をつけたが、喉元《のどもと》過ぎればなんとやらで、世間に疎くお嬢様育ちの小百合はすぐに同じ過ちを繰り返す。困っている人を見ると、放っておけない性分なのだ。

小百合の目が、うるうると潤んだ。

「でもね、これでもし、彼らの音楽の道が絶たれてしまったらと思うと、ママ、胸が苦しくって……」

「な、泣くことないだろ」

「いいえ、泣くほどのことよ！　音楽を人生から奪われてしまうなんて、手足をもがれるのと一緒だもの。私たちにできることがあればなんでもしたいって、それはパパも同じ気持ちなんだから」

「ふたりの気持ちはわかるけど……、お祖父《じい》ちゃんが生きてた昔と今とじゃ、状況がぜんぜん違うんだからね」

小百合の涙攻撃に押されながらも、十和は負けずに訴える。

「今の望月家には、他人に寄付するような余裕はないの！」

田舎町《いなかまち》とはいえ海を見渡せる高台の屋敷に暮らしながら、大学生の十和がみずから工具を握るのも、修理を業者に依頼する金銭的余裕がないためだ。食費や光熱費を限界まで切り詰め、ときに家財を売り払い、小百合の趣味を兼ねた家庭菜園もフル活用して、どうにか家族四人、糊口《ここう》を凌《しの》いでいる状態だった。

これでもかつては国内有数の楽器メーカーを経営する裕福な音楽一家だったというのに、

ほんの数年でこの有様だ。

転落とは呆気《あっけ》ないものだと、十和はこの年にして知ってしまった。

一代で大手楽器メーカーを築き上げたやり手の祖父の元、以前の望月家は余裕のある暮らしを送っていた。厳しくも頼れる祖父に、優しい父と母、素直な弟――、絵に描いたような理想的な家庭に恵まれ、十和はなに不自由ない日々を過ごしていたのだ。

そんな環境が一変したきっかけは、祖父の突然の他界だった。

急性心筋梗塞《きゅうせいしんきんこうそく》で祖父が亡くなり、十和たち望月家を取り巻く環境は大きく変わった。

まずは父の左遷だ。婿養子《むこようし》として望月家に入った父は、次期社長候補として祖父の補佐を務めていたが、その死後、社長の椅子《いす》を狙う役員たちの手回しによって経営から遠ざけられてしまったのだ。

十和自身の実感としては、まずガレージに複数あった車が高価な順に消えた。望月家に勤めていた家政婦や運転手も櫛《くし》の歯が欠けたようにいなくなり、望月家で保有していた楽器や美術品も同様だ。祖父がいなくなると親類たちがあの手この手で両親を言いくるめ、ほとんどを持ち去ってしまったのだ。

取り尽くすだけ取り尽くし、もぬけの殻となった望月家の周囲からは、潮が引くように一気に人がいなくなった。

それでも両親は、今も人の本質が善であることを信じている。

全盛期の望月家で蝶《ちょう》よ花よと育てられた小百合は生まれながらのお嬢様で、父の孝三《こうぞう》もまた、音楽ひと筋で育ってきたためか世に疎いところがあった。ふたりはまさに似たもの夫婦なのだ。

持って生まれた温厚で楽観的な性格もあるのだろう。音楽のため、義父が築いた会社のためにと、出世の道を絶たれ年収が激減した父もまた、誰を恨みに思うこともなく身を粉《こ》にして働きつづけている。

己の職務を通じて音楽の発展に貢献していると、誇りを抱いているのだ。自分が社長であろうとなかろうと、そんなことは些末《さまつ》な問題のようだった。

「十和ちゃんったら、本当に心配性ね」

小百合は目元の涙を拭い、わずかに唇を尖《とが》らせる。

「パパもお仕事を頑張ってるし、ママだってピアノのお教室があるのよ。十和ちゃんが心配することなんて、なんにもないんだから」

どこまでも脳天気な母に、十和はこっそりとため息をついた。

十和だって両親と同じで、祖父が亡くなるまでは甘やかされて育ってきた。周りの大人《おとな》たちは例外なく親切で、人見知りが激しく内気だった十和を、思慮深く優しい子だと褒めそやして大事にしてくれた。

そんな日々は過去のものだ。望月家の支柱であった祖父を失い、お金という外界からの盾も失った今、昔のままではいられない。

両親と違ってそのことに気づけたのは、十和がまだ若く柔軟な脳を持っていたためなのか、それとも周囲の大人たちの言うことが正しく、思慮深さを持ち合わせていたためかはわからない。

とにかく、悠長な両親とともにのほほんと暮らしている場合ではないと、十和はそう確信していた。

この家を守れるのは、長男の自分しかいないのだ。

弱冠二十歳《はたち》にして、十和はひそかに心を決めていた。

そんな十和の決意とは対象的に、小百合はのんびりと微笑みを浮かべる。

「修理が終わったら、テラスでお茶にしましょうか？　お庭で摘《つ》んだハーブティーを淹《い》れるから、日和ちゃんも呼んできてちょうだいね」


雨樋の修繕を終えて工具を物置にしまうと、十和は日和が練習をしている一室へと向かった。家計が逼迫《ひっぱく》しようと建物自体は昔のままなので、敷地は広く部屋数も多い。楽器練習のための部屋やオーディオルームまであり、音楽をするには恵まれた環境にあった。

以前はコレクターである祖父が集めた多数の名器を収める部屋もあったが、こちらはほとんど空になっている。

手元に残った楽器で値打ちのあるものといえば、亡き祖母の形見であるヴァイオリン一《いっ》挺《ちょう》と、小百合が教室で使用するピアノ二台といったところだ。

「日和、入るよ」

練習室の扉をノックし、日和の返事を待たずに中に入った。

扉を開けたとたん、流麗な音色が洪水のようにあふれてくる。窓際の譜面台に向かって練習をつづける弟の背中が見えた。

音楽ひと筋の日和は、十和の入室にも気づかず演奏の手を止めない。

「母さんがお茶にしようって」

もう一度声をかけるが、やはり返事はなかった。

十和もそうだが、日和の外見も小百合によく似ていた。周囲は兄弟そろって瓜《うり》ふたつだと言うけれど、十和に言わせればとんでもないことだ。

日和は十和と違い、正真正銘の美少年なのだ。

日和はまるで、足跡ひとつない新雪だった。日の光に触れると溶けて消えてしまいそうなほど儚《はかな》げで、張り詰めた楽器の弦のようでもある。感情を表に出すことも口数も少ないが、内に秘めた情熱はその演奏を聴けばすぐにわかる。

国内コンクールのジュニア部門での常連優勝者で、同年代で力を入れてヴァイオリンを学んでいる者ならば、ほとんどが日和の名前を知っているはずだ。

現在は音楽高校の器楽科に通っているが、秋からはイタリア、シエナにある名門音楽院への留学が決まっている。その前に学生コンクールへの参加も予定されているため、練習にもずいぶん身が入っているようだった。

国内でも音楽をつづけることは不可能ではないけれど、クラシックの本場は海外だ。そして日和の才能は本物だ。最高の水準で音楽を学ばせてやりたいと、それは家族全員の願いでもあった。

五歳でヴァイオリンを始めてまだ十年ほどだが、その音色も技術も、周りの子供たちどころか大人と並んでも群を抜いている。

かつては十和もヴァイオリンを習っていたが、五年も早く始めていたのに、日和に光の速さで追い抜かれてしまった。十和がひとつ覚えるころに、日和は十も百も先に進んでいるのだ。

しかしあまりの才能の差に、羨む気さえ起きなかった。嫉妬するよりも弟の演奏が上達することが純粋に嬉しかったのだ。

もともと、日和や他の家族ほど、十和が音楽に熱中できなかったこともその理由のひとつかもしれない。特に祖父が亡くなってからは、日々の慌ただしさもあって楽器に触れる気になれなかった。しっかりしなくてはという気持ちが先に立って、演奏をしようと心が動かなかったのだ。

無反応の日和にこっそり苦笑を浮かべて、十和は部屋の中に足を進めた。

「ひーなっ」

譜面台から楽譜を取り上げると、ようやく日和が演奏を中止した。きょとんと目を大きくして、日和が十和のほうへと目線を向けた。

「……あれ、兄さん?」

「ちゃんとノックしたし、声もかけたからね」

「気がつかなかった」

練習中の日和の集中力の高さは、かなりすごい。

天才肌《はだ》の弟は、こうでもしないと音楽の世界から戻ってきてくれないのだ。なにか用かというように、日和が小さく首をかしげた。

「ちょっと休憩したら? 母さんがお茶淹れるって」

「うん、でも——」

「あとすこし、なんて言ったら、日和の場合、日が暮れちゃうだろ」

十和の言葉に、日和は名残惜《なごりお》しそうにしながらも素直にうなずいた。

ヴァイオリンを肩から下ろし、日和は弦に付着した松ヤニを布できれいに拭き取っていく。

愛器を扱う手は丁寧で、見ているだけでも日和がどれほど大事に思っているのかが伝わってきた。

祖母の形見でもあるヴァイオリンは、今は亡き名匠に制作された世界的な名器のひとつだ。彼の作品の中でも特に評価の高い一挺で、個人的に売ってほしいと直談判《じかだんぱん》してくるコレクターがいるほどだ。

今では日和の体の一部ともいえる、大切な楽器だ。レベルの高い弾き手の音楽性を表現できる楽器は、限られている。日和の心にある音楽をかたちにできる楽器など、他を探してもそう簡単には見つからないだろう。

最近、日和はまた腕を上げた。正確な技術にくわえ、心を揺さぶる艶《つや》のようなものが増してドキリとすることもあるほどだ。家族の欲目というやつでは、きっとない。

手入れをつづける日和を眺めながら、十和は思い立って声をかけた。

「日和、どんどん上手《じょうず》になっていくね。……もしかして、好きな人でもできた？　音色にも情感が込められてきたっていうか、おれみたいな音楽音痴でも聞いててドキドキするくらいだし」

「兄さんは音痴じゃないよ」

無表情ながら、日和が不思議そうに答えた。

「もともと、僕がヴァイオリンを始めたのは兄さんに憧れてたからだし、好きな人っていうなら――」

「どうせまた、『兄さん』だってごまかすんだろ？」

「ごまかしてなんかないのに」

「はいはい。ありがとね、日和」

十和は苦笑して日和の頭を軽く撫《な》でてやった。

浮世離れした弟だけれど、日和は案外、家族への気遣いを忘れない。天才ながら素直な弟は、平凡な兄を立てるため、こうして十和を持ち上げてくれるのだ。

くすぐったいけれど、弟の優しさは兄として嬉しい。

日和の頭から手を離すのと同時に、尻《しり》ポケットに入れた携帯電話が弾けたように鳴り出した。メールの着信音に設定しているのは、アイドルグループが歌うJポップだ。大学の友人からメールらしい。

「それって、梢《こずえ》ちゃんが出てるドラマの主題歌だよね？」

背後から投げかけられた日和の問いに、十和はギクリとしてしまう。

『梢ちゃん』とは、今をときめく人気俳優、名久井《なくい》梢のことだ。現在二十六歳。ドラマに映画にと引っ張りだこで、月9の主役も張っている若手の男優だった。

甘さのある爽やかな容姿の好青年だが演技派俳優で通っており、演じる役柄によってがらりと印象が変わる。恋愛ドラマで軟派な役を演じたかと思えば、次の戦争映画では若い将校、その次は破壊的な犯罪者と、役の振り幅が非常に大きい。

さらにバラエティやトーク番組、コマーシャルにも多く出ており、テレビで彼の姿を目にしない日はないほどだった。

「や、なんか、流行《はや》ってるから、……なんとなく？」

そそくさとメールを確認しながらも、十和の目が泳いでしまう。

「そういえば、兄さんの部屋に雑誌があったけど」

「えっ」

「あれも、梢ちゃんが表紙だったね」

「言っとくけど、あの雑誌、おれのじゃないからっ。あれを買ったのは母さんだし、……なんでか、おれの部屋に置いてっちゃったみたいだけど」

「ふうん」

日和にとっては、なんでもない会話に違いない。それなのにその視線がやけに刺々《とげとげ》しく感じるのは、十和が後ろめたく思っているせいだろうか。

十和が梢の主演ドラマの曲を着信音に設定していようと、表紙を飾る雑誌を手に入れようと、誰になにを言い訳する必要などない。

ましてや、小百合が買った雑誌をわざわざ自室に持ち込んでインタビュー記事を舐《な》めるように読み込もうと、さらには彼のポスターや生写真、ストラップや切り抜きなどを、こっそりせこせこ大量に集めていようと、咎《とが》められることではないのだ。

わかっていながら顔が火照《ほて》っていくのは、ちょっとした事情があるからで——。

「兄さん、本当に梢ちゃんのことが好きだよね」

「す、好き⁉」

十和は耳まで赤くして、その場で飛び上がりそうになった。

「そんなわけないだろ！　男同士で梢ちゃんのことが好きとか、そんなの」

「違うの？　ファンなのかなって思ったんだけど」

「……あ、なんだ、そっち」

「他になにかある？」

「いや、もちろん、なにもない、けど」

探るようにこちらを見つめる日和から、十和はたまらず目を逸《そ》らした。内心でひどく焦りながら、十和はもごもごと言い訳めいたことを言う。

「ファンっていうか、ちょっと気になるだけっていうか……。ほら、一応、梢ちゃんって、昔はこの家に住んでた人だし」

「なんだか信じられないよね。あの名久井梢が、昔この家に住んでたなんて」

日和がいぶかしげに、小さく首をかしげた。

「僕はあんまり、梢ちゃんのこと憶えてないけど。うっすら記憶はあっても、テレビで見る今のイメージのほうが強いから」

「梢ちゃんがこの家にいたの、もう十年前だからね。日和はまだ五歳だったし」

「うん」

「でも、日和、梢ちゃんにはめちゃくちゃ懐いてたんだよ。いっつも梢ちゃんのお尻にくっついて、離れなかったくらいだし」

「そうなんだ」

他人の話でも聞くように、日和は特に感慨もなく答える。

たしかに、幼いころの記憶なんて曖昧なものだ。今になって聞かされても実感など湧かないだろう。

「兄さん」

ふいに、日和が楽器の手入れをやめ、表情を険しくさせた。

「梢ちゃんと僕、どっちが大事？」

「は？　急に、なに馬鹿なこと言い出すんだよ」

「馬鹿なことじゃない。――どっち？」

「そ、そんなの、日和に決まってるだろ」

「……本当に？」

「当たり前じゃん！　ていうか、比べるような相手じゃないだろ？　梢ちゃんなんて、もう会うこともないんだから」

自分で言いながら、もう会えないという事実がぐさりと胸に突《つ》き刺さる。

本当に嘘みたいな話だ。それでも、名久井梢はたしかにこの家に住んでいた。十和がまだ小学生だったころの三年間を、ともに過ごしたのだ。

初めて会ったのは、今から十三年前。

十和は小学二年生で、梢は中学二年生だった。

シングルマザーだった梢の母が、梢を連れて望月家で住み込みの職を得たことがきっかけだ。当時、望月家は、広大な家の維持のために人を雇っていたのだ。

母親とともに望月家の離れに住んでいた梢は、幼い十和と日和の面倒を甲斐甲斐《かいがい》しく見てくれた。

優しくてかっこよくて、なんでも知っているお兄ちゃん。梢は十和にとって、芸能人になるずっと前から憧れの存在だった。

梢にできないことなどないのだろうと、本気で信じていたくらいだ。彼のことが好きで、大好きすぎて、幼かった十和は梢の前に立つと摩訶不思議《まかふしぎ》な行動ばかりを取るようになってしまった。

ただでさえ人見知りだった十和だが、梢に関してはさらに症状が悪化したのだ。

梢と目が合えば、全身の血が沸騰してその場で卒倒しそうになり、近くによれば思考回路が混線して言語能力がまともに機能しなくなった。声をかけられようものならば、緊張は限界を超え、壊れた蛇口《じゃぐち》のように目から水がぼろぼろと流れ出た。

そんな状態の十和が、梢に近づけるわけがない。

同じ家で暮らしながら、十和はひたすら梢から逃げ、隠れつづけた。

——本当はそばにいて、たくさん話したかった。

だからこそ、心をひらいて梢に甘えられる日和が、切実に羨ましかった。恥ずかしさのあまり梢から逃げ回っていた十和とは大違いだ。梢もまた、日和を特別に可愛《かわい》がっていたように思う。素直な日和と比べて、すぐに泣き、逃げてばかりの十和は扱いにくくてどうしようもなかっただろう。

ふたりが楽しそうに遊ぶ姿をこっそりと眺めては、泣きそうになっていたことをよく憶えている。

だからあの日、梢が自分だけを『宝探し』に誘ってくれたときは、空も飛べそうなほど嬉しかった。

「兄さん、早く行こう」

「あ、う、うん」

どことなく上機嫌な日和に腕を絡められ、そのままテラスへと連れて行かれる。十和が物思いに耽《ふけ》っている間に、楽器の手入れは終わったらしい。

梢のことになると、どうしても子供のころの自分に戻ってしまう。動揺を気取《けど》られないようできるだけ冷静を装って、十和は素直に日和についていった。

十年前、当時高校生だった梢が望月家を出たのは、梢の母親の再婚が決まったためだ。母親とともに再婚相手の暮らす東京に引っ越し、それ以来一度も顔を合わせていない。

かつて三年間を一緒に過ごした相手とはいえ、今の梢は芸能人だ。そんな梢にいまだ片想いをしているなんて、家族には絶対に知られたくなかった。初恋をこじらせているにしても、痛すぎる。

会いたい気持ちはあるけれど、今はもう遠い人だ。

初恋は初恋のまま、そっと胸にしまっておくほうがいい。

それに十和だって、身の丈に合った新しい恋をしようという前向きな気持ちはあった。今のところ連戦連敗がつづいているが、一応行動だって起こしている。

ちなみに、負けつづきの理由は、梢ではなく日和だ。恋人になりそうな女の子ができても、みんなが日和を好きになってしまうのだ。十和より五つも年下の弟だが、美少年の天才ヴァイオリニストという生き物に女の子はどうも弱いらしい。

恋愛以外でも、日和は男女問わず、人の心を惹きつける。兄の十和から見ても可愛く魅力的な日和なので、自然な結果と言えるだろう。

とはいえ、十和ももう二十歳だ。新しい恋をしたいという気持ちは、日に日に大きく育っていた。

次こそ梢以外の誰かを好きになる。そして、自分を好きになってくれる人を探すのだ。

日和に腕を引かれながら、十和はこっそり胸中で誓うのだった。


「あっ、見て、梢ちゃんよ！　梢ちゃんが出てきたわ！」

その日の夜、望月家の食卓に小百合の黄色い声が響き渡る。

「……っ！」

どきりとして箸《はし》を落としそうになったところを、十和はどうにか握りしめた。

テレビ画面に大きく映る梢の笑顔に、パブロフの犬よろしく条件反射で十和の心拍数が上がっていく。出演しているドラマの宣伝のため、バラエティ番組に出演しているようだ。演技とは違う気さくな雰囲気に十和の胸がきゅんとなる。

梢は今日も本当にかっこいい。現在演じている役のためにすこし短く切った髪もよく似合っているし、襟元《えりもと》から覗《のぞ》く鎖骨にも男の色気を感じる。爽やかな微笑みと色香とのアンバランスさにくらくらした。

冷静な表情を保とうと必死な十和と、その隣で黙々と箸を動かす日和の前で、父の孝三が苦笑を浮かべた。

「ママ、梢くんがテレビに出るのなんて、いつものことじゃないか」

「いつものことだとしても、今日もとっても素敵なんだもの」

全身全霊を込めてうなずきたくなるのを、十和はやはりグッと堪《こら》える。

以前は行儀が悪いからと食事中のテレビ観賞は禁止されていたはずなのに、梢が出演しはじめてからはすっかり解禁になっていた。

三年間をこの家で過ごした梢は、小百合にとってはもうひとりの息子のようなものらしい。テレビに出るたび、毎回嬉しそうにはしゃいでいる。十和と日和が歳の離れた梢を『梢ちゃん』と呼ぶのも、小百合の影響を受けてのことだった。

番組の内容は、ふたりのゲストが対抗し、それぞれ数品指定した料理から互いの苦手な一品を探り合うというものだった。梢の相手として出ているゲストは、フィギュアスケートの有名女性選手だ。

梢の苦手な料理なら、すぐにわかる。答は温泉卵だ。昔、偶然卵にあたって以来、梢は完全に茹《ゆ》でた卵しか食べられないのだ。

「すっかり逞《たくま》しくなっちゃって、本当にかっこいいわぁ。うちのお婿さんに来てほしいくらいよ」

娘もいないのに、頬《ほお》を赤く染めてそんなことを言う小百合に、孝三が拗《す》ねたように眉《まゆ》をよせる。

「たしかに梢くんはいい男だけど、そんなに褒めることもないんじゃないかな」

「やだわ、パパったら。心配しなくっても、この世界にパパより素敵な人なんていないのに」

「それはママのほうだろう」

愛妻のてのひらの上でコロコロと転がされる安直な父から、十和はため息まじりに目線を逸らした。あはは、うふふ、といちゃつく両親の姿は息子の目には毒だ。

しかしテレビに映る梢を見るなり、そんないたたまれなさも一瞬で吹き飛んでしまう。

『業界に入ったきっかけは、スカウトだったんです。大学時代にバイトしてた店で、事務所の社長に声をかけられて』

『へえ、店ってどんな？』

『バーです。お酒もだけど、料理も結構得意なんですよ』

温泉卵を平然とスプーンですくいながら、梢が言う。

本当は苦手なはずなのに梢の表情はけろりとしていて、事実を知る十和にも無理をしているようには見えなかった。

耳当たりのいい梢の低い声に聞き惚《ほ》れる。料理が得意だなんて、梢はどこまでかっこよくなれば気が済むのだろう。バーテンダー姿でシェイカーを振る梢を想像し、胸が甘くときめいた。梢ちゃんに声をかけるとは見る目がある。十和は顔も知らない事務所の社長を心の中で絶賛する。

そのまま食い入るように画面を見つめていたが、コマーシャルに入ったところで十和の気分がにわかに重くなった。

いつまで経っても梢のことをあきらめきれないのは、強制的に梢の情報が入りつづけてくるこの環境のせいもあるのだろう。居間でくつろいでいればテレビで、街を歩いていれば店先のポスターで、あちこちで梢の姿を目にしてしまう。これでは梢の面影《おもかげ》が消えないのも無理はない。

直接会えもしない相手を、自分はいつまで好きでいればいいのだろうか。

いっそ、梢の一ファンとしての自分を認め、ひらき直れたらいいのに。そう願っても、心はすこしも自由にならない。

ひとり盛大に落ち込む十和の向かいで、小百合が淋《さび》しげな表情を見せた。

「梢ちゃん、忙しくしてそうだけど、無理してないかしらね。ご飯もちゃんと食べてるのかしら。芸能界って不規則なお仕事のようだし、心配だわ」

小百合が不安げにこぼした瞬間、家の電話が鳴りひびいた。

あら、と不思議そうにしながら小百合が席を立つ。

「こんな時間に、どなたかしら？」

電話機の元に向かって子機を取り、小百合が二、三言挨拶を交わす。まあ、どうも、こんばんは、と声が明るくなった。親しい相手なのだろう。

食事中の家族への配慮か、小百合は子機を手に廊下に消える。

それから数分とせず、小百合が居間に駆け込んできた。もう通話は終わったのだろうか。いったいなにを聞いたのか、ひどく狼狽《ろうばい》した様子で子機を振り回している。

「大変、大変よ、パパ！」

「そんなに慌ててどうしたんだ、ママ。いったい誰からの電話――」

「そんなことより、大変なのよっ、磯谷《いそや》さんがっ」

「磯谷って、あの磯谷？　イソヤ楽器の？」

「そう、その磯谷さん！　昨夜、一家で夜逃げしちゃったんですって！」

興奮気味にまくし立てる小百合に、まさか、と孝三が困惑したように言う。

「だって、店をひらいてまだ一年も経ってないだろう？　なかなかお客さんが集まらないとは嘆いていたけど、いくらなんでも……」

「でも、店員の方がお店に出たら、もぬけの殻になってたって仰るのよ！　お家のほうも、同じみたいなの」

磯谷夫婦とは、十和も子供のころから何度か会ったことがある。一人娘がいて、ちょうど十和と同じくらいの年頃だという話だ。夫のほうが孝三の古い友人で、大学時代の同窓でもあるそうだ。

自分の店を持つのが夢だったと嬉しそうに語っていた磯谷夫婦の姿を、十和もよく憶えている。昨年、その憧れの楽器店を個人で開店したばかりのはずだ。

顔見知りの一大事に、十和もさすがに梢に見惚《みと》れている場合ではなくなる。

「磯谷さん、大丈夫かな。でも、本当に夜逃げなの？　実はお店の改装とか、家族で旅行に出てるだけとか」

「それがね、もう一週間以上、連絡もつかないみたいなの。心配だわ、今ごろ、どうなさってるのかしら」

子機を持ったまま、小百合が言ったり来たりを繰り返す。そんな小百合を見つめながら、孝三がなにかを思い出したようにポンと手を打った。

「――あ」

「父さん、なにか知ってるの？」

そうじゃないんだけど……、と孝三の顔色が見る間に青くなっていく。

「イソヤ楽器といえば、お店の開店資金」

「そうだわ、銀行からの融資」

はたと、小百合が大きく目を見ひらく。

「あれって、パパも名前、一緒に書いちゃってたわよね」

「書いちゃってた」

どこか間の抜けた両親のやりとりに、一拍遅れて十和の背筋が凍りついた。夏だというのに、シベリア寒気団が望月家だけに到来する。それも観測史上最大の大寒波だ。

——開店資金、銀行からの融資、一緒に名前を書いている。

両親の言葉がぐわんぐわんと十和の頭の中で銅鑼《どら》の音のように響いていた。それらの単語から恐ろしい想像が広がり、生きた心地がしなかった。ただの勘違いに違いない。そう願いながら、十和はおそるおそる両親に尋ねる。

「それって、まさか、……連帯保証人ってやつじゃないよね」

最後の審判を待つ思いで息をのむ十和のほうへと、孝三と小百合がゆっくりと顔を向ける。ふたりが揃《そろ》ってうなずく様子が、スローモーションのように目に映った。

「たしか、五千万くらいだったかな……」

孝三の口から飛び出た金額に、ついに十和は意識を飛ばした。血の気を失いふらりと後ろに倒れる十和の体を、日和が茶碗を持った手で器用に支える。

テレビの中では、『参りました』と、梢がきらきらしい笑みを浮かべていた。

2

ヴァイオリンの音色が聞こえる。

十和はベッドを降り、自室を出た。夜はとっぷりと更《ふ》けているが、どれほど横になってもすこしも睡魔は訪れない。望月家を襲った突然の災難に不安が募り、目が冴《さ》えて眠れる状態ではないのだ。

普段はのんきな両親も、今夜ばかりはいつものお気楽モードではいられないようだった。あれからずっと、ふたりで今後について話し合いをつづけている。

――つまり、多額の借金を抱えて、日和の留学をどうするのかということだ。

階段を下り、十和は練習室へと向かった。日和が今も弾いているのだ。近づくほどにヴァイオリンの音は大きくなる。

聞こえてくる曲は、シューマンのロマンス。優しく情緒的な、その名の通りロマンティックな小品だ。その演奏は文句なく美しいけれど、日和らしくない選曲のように思える。日和はどちらかというと、難易度の高い技巧的な曲を好んで演奏することが多かった。

夕食後から弾きどおしだが、練習をしているわけではないのだろう。きっと、心に浮かぶままに弾いているのだ。

一心不乱に演奏することで、心を落ち着かせようとしているのかもしれない。

「日和、寝ないの？」

扉を開けて尋ねるが、日和の返事はなかった。

これまではどうにか都合をつけてきたが、今後、借金を抱えて今の生活を維持することは不可能だ。十和の大学の学費に日和の音楽費用、とくに海外への留学費用は、どうあがいても捻出することは難しいだろう。たとえこの家や土地を売却したところで、借金を完済できるとは考えられない。

そのことを、日和もわかっているのだ。

ヴァイオリンの音がやむ。演奏を中止して、日和が淡々とした口調で言った。

「これ、売ればなんとかならないかな」

自分がいることに気づいていたのかと、十和は驚く。

ゆっくりとこちらを振り返る日和の落ち着きはらった表情に、なぜだかどきりとした。

「売るって、なにを？」

「ヴァイオリン」

構えたままのヴァイオリンに、日和がふっと目線を落とす。

「……こんなときに、冗談言うなよ」

「ストラドほどの金額にはならなくても、これだって正真正銘、名器だから。全額は返せなくても、だいぶ楽になると思うんだ」

「冗談言うなってば！」

なんでもないように告げる日和に、思わず十和はカッとなる。

「それは日和の楽器だろ！　これから留学もするっていうのに、それ売っちゃったら、演奏はどうするんだよ？　そいつくらい日和の演奏を助けてくれる楽器なんて、どこ探したって見つからないのに！」

「でも、楽器の他に、売れるものがある？」

「それは……」

冷静に訊《き》き返され、十和は言い淀《よど》む。

たしかに、この家でもっとも価値のあるものは、家でも土地でもなく、日和のヴァイオリンだ。楽器と家を売却すれば、借金はすべて返済できるかもしれない。

返答に戸惑う十和に、日和がぽつりとこぼした。

「本当は、ずっと前からわかってたんだ」

「なにが」

「今のうちの状況でヴァイオリンをつづけたいなんて、わがままだって。それなのに、どうしてもやめたくなくて、甘えっぱなしだった」

静かに告げる日和の言葉が、十和の胸を大きく揺さぶる。

音楽に没頭し、どこか世間とは隔絶したところにいたような弟が、そんなことを考えていたなんて思いもしなかった。

「でも考えてみたら、海外で勉強したり、ソリストになるだけが音楽じゃないんだよね。楽器が代わっても、どんなかたちでも、音楽はつづけられるから」

「だけど……」

「ありがとう、兄さん。……それに、留学がなくなれば、ずっと兄さんと一緒にいられるし。それもいいかもね」

日和はかすかに笑ってそれだけ言うと十和に背中を向け、ふたたび演奏を始める。

冗談めいた口調にも聞こえるけれど、とても本心だとは思えなかった。しばらく入口に立ち尽くしていたが、どれだけ待っても日和が振り向く様子はない。

かける言葉が見つからず、十和はとぼとぼと練習室を後にした。

そっと扉を閉めるが、すぐにその場を離れる気にはなれない。無言のまま日和の演奏を聴いていると、ふと音楽がやんだ。

扉の向こうで、日和が泣いているような気配がした。

「……日和」

十和はたまらず、そっと弟の名前を呟《つぶや》く。

日和は儚げな外見に反して芯《しん》が強く、簡単に泣くような弟ではない。十和の前でも弱音を吐けずひとりで泣く日和に、どうしようもなく胸が苦しくなった。

あのヴァイオリンを誰よりも大切にしているのは日和だ。体の一部ともいえる楽器と引き離され、夢まで遠のき、一番悲しいのは日和なのだ。その苦しさを思うと、苦い感情が体の底から込み上げる。

日和は、子供のころから日和だった。

特別な、たったひとりの弟だ。十和や、他の誰とも違う。才能が違う。見ている世界が違う。なにもかもが違った。同じ顔なのに、平凡な十和とは天と地ほどの差があった。

そんな弟だから、みんなが日和を好きになるのだ。十和から日和に乗り換えようとした女の子たちもそうだし、昔の梢だってそうだ。

子供のころ、日和は梢といつも一緒で、十和はそのそばに近よることさえできなかった。十和が恥ずかしがって逃げてばかりだったという理由もあるけれど、そうでなくても、梢が日和をより大事に思っていることを感じていたから、ふたりの間に割って入ることができなかったのだ。

才能豊かな弟が大切で眩《まぶ》しくて、心の底ではほんのすこしだけ羨ましかった。

それは、嫉妬のような後ろ暗い感情ではない。

十和は今まで、自分の夢を持ったことがなかった。これまでずっとそうだったし、これからも変わらないかもしれない。大学の授業などやるべきことに手を抜くことはなくても、自分のためにと望んで行動を起こしたことは一度もなかった。

それに引き替え、日和はソリストという夢を目指し、時間の許す限りヴァイオリンの練習に打ち込んでいる。妥協せず、自分の夢に迷うこともない。

そんな日和が、十和と同じであるはずがないのだ。

日和が多くの人に愛されるのはあまりに当然のことで、その夢を叶《かな》えることが、十和の願いでもあった。

兄として、夢を追う弟の力になりたい。

日和にはやりたいことを、思う存分やり尽くしてほしい。

それは十和にとって、なによりも大切な願いだった。

一週間、悩みに悩んで、結論を出した。

――大学を辞めて働こう。

夜逃げした磯谷一家が戻ってくる様子は一向にない。両親が知人の弁護士を通じて確認したようだが、契約書に名前を書いた以上、返済義務から逃れることはできないそうだ。返済が難しければ、家や土地にくわえて日和のヴァイオリンも差し押さえの対象になる可能性が高いという話だった。

金策のため、両親は懸命に動いているようだが、返済のめどはついていない。

十和が大学に通いたいと願ったところで、今の状況では困難かもしれない。それに、十和は日和のように明確な目的を持って大学に通っているわけではなかった。建築学部に進学した理由も、手に職がつきそうな手堅い学科だという印象があったからだ。

それならば、大学を辞めて家族のために働いたところで、いったいなんの不都合があるだろうか。大志もなく学びつづけるよりも日和が音楽をつづけてくれるほうが、十和にとってもずっと意味がある。

両親には、まだ告げていない。反対されるに決まっているから、伝え方やタイミングを間違うわけにはいかないのだ。

最良のタイミングを呻吟《しんぎん》する十和の前に、ヌッと、水着姿のぽっちゃり女子集団が現れた。

「ビールふたつとぉ、焼きそばお願いしまーす」

「私、かき氷、苺《いちご》ミルク！」

「あ、ブルーハワイも欲しいかもぉ」

「はいっ、ありがとうございます！」

一斉に発せられた言葉に混乱しそうになりながらも、十和はどうにかオーダーを取る。

八月になり、夏はさらに勢いを増していた。灼熱《しゃくねつ》の太陽が照りつける浜辺は、陽気な若者たちであふれかえっている。

その海辺で、十和は慣れないアルバイトに精を出していた。

退学して就職するまでの繋ぎだが、なにもしないよりはマシだろうと、とりあえず高時給ですぐに働ける海の家で面接を受けたのだ。自宅からはそれなりに距離があるが、交通費節約のため自転車で通っている。

緑に囲まれ、『快水浴場百選』にも選ばれているこの海辺は、夏になると多くの人が集まる人気スポットだった。テレビ番組のロケ地になることも多く、先ほどもカメラなどの機材を抱えた人たちを見かけたばかりだ。

バイト中の十和は覗きに行けないが、今もすこし離れた浜辺で撮影がつづいているようで、人の輪ができている。

客の注文を通し、十和はビールサーバーのレバーを引いた。

しかし注ぎ口からは、白い泡がぷすぷすとしか出てこない。どうやら樽《たる》が空になったらしい。

「ビールの樽、新しいの持ってきます」

先輩スタッフにひと声かけ、十和は急ぎ足で小屋を出た。軽くなった樽を抱え、倉庫代わりにしている裏手へと回る。

外の日差しは凶暴なほど眩しく、十和はたまらず目を眇《すが》めた。店で支給されたバイト用のTシャツに、じわりと汗がにじむ。

あっつい、と息を吐いたとき、背後から憶えのある声が聞こえた。

「もしかして、十和？」

「——え」

「やっぱり、十和だ」

反射的に振り返るが、明るさに目が慣れず相手の顔が見えない。

それでも耳に心地よく響くその低音は、よく知っていた。彼の声を、十和が他の誰かと聞き間違えることなんてありえない。

すこしずつ眩しさが薄れ、目の前に立つ男の輪郭が鮮明になった。

——梢ちゃんだ。

十和のすぐ目の前に、正真正銘、本物の名久井梢が立っている。

久方ぶりの対面だが、懐かしさはすこしも感じなかった。いつもテレビで見ていたためだろうか。よく見知ったその姿に、じわりと胸が熱くなった。切れ長の目を嬉しそうに細める梢に、十和の心臓が壊れたように激しく脈打ちはじめる。

ばくばくと高鳴る自分の鼓動に、全身がのみ込まれそうだった。

十和より頭ひとつぶんは背が高い。シャツに半パン、スニーカーというラフな姿だが、さりげなく引き締まった体の線が美しく、砂像かなにかのようだ。短く切りそろえた黒髪が汗で額に張りついているところまで、さまになっている。

爽やかな甘い微笑みに目眩がした。それに、なんだかいい匂《にお》いがする。この太陽の下で、どうしたら汗でなくムスクの香りを漂わせることができるのだろう。

真昼の砂浜の中、大勢の人の中でも、彼の存在はきらきらと光り輝いて見えた。これがオーラというものなのだろうか。ただそこに立っているだけで、人の目を惹きつける。

「なんで、梢ちゃんが、こんなところに」

思わず漏らした十和の声に、梢がどこかほっとしたように笑った。

「よかった。ぜんぜん反応しないから、忘れられてるかと思った」

「ま、まさか」

十和はパッとうつむき、どうにかそれだけを答える。梢に会えた嬉しさが胸に募り、その目を見ることができなかった。

テレビで見ていた百倍、千倍、それ以上に、本物の梢のかっこよさはずば抜けていた。人に見られる仕事をつづけて磨かれたためだろうか。一緒に暮らしていたころよりも、段違いに魅力が増している。

「そこ、撮影やってるだろ？　俺も参加してるドラマだから。今は休憩中」

海

梢が軽く振り返り、人垣のできた辺りを目線で示した。ロケが行われていることは知っていたが、梢が出演するドラマだなんて夢にも思わなかった。

休憩中とはいえ、芸能人がひとりで歩いていても平気なのだろうか。今はちょうど人気が途切れているけれど、それでも心配になってしまう。蜜《みつ》に蜂《はち》が群がるように、いつ梢に気づいた人たちが集まってくるかわからない。

「でも驚いた、十年ぶりかな。こんな偶然ってあるんだ」

十和の心配をよそに、梢が小さく首をかしげた。

「ていうか、その格好、……もしかしてバイト?」

「そう、えっと、そこの、海の家で」

「そうなんだ?」

裕福だった昔の望月家しか知らないため、その長男がアルバイトをすることに違和感を覚えているのだろう。十和はたどたどしい口調で答える。

梢はそれ以上触れず、そうだ、となにか思いついたように口をひらいた。

「バイトって、何時まで?」

「夕方まで、だけど……」

「じゃあ、そのあとで飯でもどうかな。せっかく久しぶりに会えたんだし、今日は早めに撮影も終わる予定だから」

「――――こずえちゃんと、ふたりで？」

緊張のあまり頬が引きつり、声がひっくり返ってしまう。

こうして会話を交わすだけでも精一杯だというのに、同じ空間でふたりきりになるなんて、とても正気を保てる自信がなかった。途中で気絶しかねない。無理、絶対に無理だと、十和は反射的にかぶりを振った。

それに今の梢は芸能人で、十和からは遠い人なのだ。うっかり長時間を一緒に過ごして、ますますあきらめられなくなったらと思うと恐ろしい。

ごめん、と目を泳がせながらどうにか告げた。

「今日は、忙しい、から」

それだけ言って、十和は逃げるようにそそくさと小屋の裏手を目指す。

十和が足を踏み出すより早く、梢がその前に激しく腕を伸ばした。勢いが余ったのか、バンと乾いた音がする。

「……梢ちゃん？」

思わず、十和は梢を見上げた。

梢は先ほどと変わらず笑っているのに、なぜか空気が痛いほどに張り詰めて感じた。

早く梢の元を立ち去りたいのに、敵《かな》わない。梢が小屋の壁に手をつき、進路を塞《ふさ》いでいるためだ。

壁と梢の体に挟まれる。梢の長身で影ができていた。体の一部が触れそうなほど近く、十和の体温が一気に上昇する。どきどきと胸の鼓動も収まらなかった。梢から香る爽やかな匂いにも目眩がする。

十和を見下ろし、梢が満面の笑みを浮かべた。

「嫌ってる相手だからって、逃げることないだろ？」

「――え」

「そんな調子で、よくバイトなんてできるね。使い物にならないだろうに、お坊ちゃまの社会見学に付き合わされる店も気の毒だな」

十和にだけ聞こえる声量で、梢がにこにこと言い放つ。

すぐには梢の言う意味を理解できず、十和はぽかんと呆《ほう》けてしまう。口調も優しいままだけれど、どうやらバカにされているようだと、そう気づいたのは数秒経ってのことだった。

嫌っている？　誰が、誰を？　そう訊きたいのに、とても声にできない。梢のきれいな口から出た言葉だとは、とても信じられないからだ。

ひょっとして、梢は怒っているのだろうか。

目も合わせない十和の態度が生意気に映り、気に障《さわ》ったのかもしれない。そうでなければ、いつも優しい梢がこうも冷たい態度を取る理由がなかった。

「ご、ごめん、あの」

「謝るんだ？　なにか悪いことをしたって、自覚でもあるの？」

「そうじゃないけど、……梢ちゃん、怒ってるから」

「怒ってるんじゃなくて、呆《あき》れてるんだよ。昔もおどおどしてばっかりだったけど、いくつになっても変わらないんだなって。子供のころも、弟の日和のほうがよっぽどしっかりしてたよね」

にこやかに告げる梢のひと言が、ぐさぐさと十和の胸を突き刺す。

いつも優しかった梢が、気弱だった十和をそんなふうに思っていたなんて。想像はしていても言葉にされるとやはり辛《つら》かった。

十和だって、自分と日和が違うことくらいわかっている。梢が日和を特別に可愛がっていたことも、もちろん理解している。けれど、そのうえ呆れているとまで言い放たれては、落ち込まずにはいられなかった。

どうして、こんな状況に陥ってしまったのだろう。

自分のことなのに、さっぱりわからない。

十和の知っている梢とは、まるで違う人のようだ。どんなときでも親身に接してくれていた昔の梢は、もうどこにもいないのだろうか。

「そうやって仔羊みたいに震えても、誰も助けてくれないよ？」

どこか責めるような声で言って、ようやく梢が腕を引く。

ふいに解放され、十和は呆然《ぼうぜん》と梢の顔を見上げた。梢は完璧な笑顔のまま、別れの言葉もなく十和に背を向けた。梢が退いたことで、ふたたび視界が明るくなる。ぎらつくような日差しに、くらりとした。

頭がよくて、優しくて、なんでもできるお兄ちゃん。

十和が長年想いつづけていた、大好きな人。

梢が出演する番組はできる限りチェックし、少ない小遣いをやりくりして雑誌も買った。ポスターや切り抜きを集めた『梢ちゃんグッズ』はすでにダンボール箱みっつめに突入し、パソコンには秘蔵の画像を収めた『梢ちゃんフォルダ』だってある。

そうして胸に想い描いていた梢は、幻だったのかもしれない。

かつては本当に優しかった。けれど大人になり、芸能界という特殊な世界で変わってしまった。テレビ画面を隔てた向こう側の偶像となってしまった。

——ずっと、好きだったのに。

十和はぽつりと心の中で呟く。

それと同時になにかが吹っ切れ、胃の辺りがムカムカしてきた。

これまで最高値をマークしつづけていた好感度グラフの数値が、カクンと急降下する。そのままグラフの底を突き破りそうな勢いだ。

「ちょっと待ってよ！」

思わず呼び止めた声は、自分で意識する以上に大きかった。

「なんで、久しぶりに会った人にそこまで言われなくちゃいけないんだよ！　梢ちゃん、昔はそんなんじゃなかったよね？　芸能人だからって、そんなに偉いのかよ？」

子供のころはどうでも、言われっぱなしで引き下がる今の十和ではない。

目を逸らさず、まっすぐ梢の双眸《そうぼう》を見据えた。十和に睨《にら》まれ、梢がかたちのいい目を大きく見ひらく。気弱で泣いてばかりだった十和しか知らないため、驚いているのだろう。

冗談じゃない。あれから十年も経っているのだ。

今の梢に、十和のなにがわかるというのだろうか。呆れているだの、誰も助けてくれないだのと、好き放題に言う権利が梢にあるはずがない。

「誰かに守ってもらおうなんて思ってない。もう大学も辞めるし、そうしたら梢ちゃんと同じ、おれも社会人なんだから！」

十和はひと息にまくし立てる。

ふと、それまでぽかんとしていた梢の表情がにわかに硬くなった。

「大学を辞めるって、どうして？」

「あ……」

梢の問いかけに、勢いでよけいなことを言ってしまったと気づく。まだ両親にさえ報告していないことを、興奮して梢に話すなんて馬鹿なことをしてしまった。

詳しい事情を梢に打ち明ける必要はないし、そんな気分にもなれない。

どうしようかと戸惑う十和を助けてくれたのは、同じ店でアルバイトに入っている先輩の女子大生だった。

「望月くーん、ビール樽ってまだ……」

いつまで経っても戻ってこない十和を追ってきたようだ。ひょいと顔を出すなり梢に気づき、きゃあ、と黄色い声を上げた。

「名久井さんですよね！　うっそ、なんでいるの？　超かっこいい！　あ、ていうか、握手！　握手してもらってもいいですか！」

一瞬、梢は複雑そうな表情を浮かべるが、すぐにテレビと同じ笑顔で先輩スタッフに向き直った。

「いいですよ。俺、汗かいちゃってますけど、大丈夫かな」

「私のほうこそべったべたです！」

「じゃあ、べたべた同士、おあいこってことで」

気さくな梢の対応に、やだぁ、と女性が頬を染めて笑う。

今がチャンスとばかりに、十和は急いで梢たちの元を離れた。これ以上一緒にいたら、どつぼにはまってしまいそうだ。上手に追及をかわせる自信もない。

背中に梢の視線を感じたけれど、気づかないふりをして足を動かした。

翌日、朝一からのアルバイトを終えて帰宅すると、応接室に信じられない男の姿を発見してしまった。すでに夕方だが、日の長い季節なので外はまだ明るい。

両親とともに和やかに冷茶を啜る男に、十和はその場で硬直する。

「なんで、梢ちゃんがうちにいるの⁉」

「おかえり、十和。お邪魔してます」

冷茶のグラスを手に、梢がにこりと目を細めた。

両親は梢の向かいのソファに、のほほんと並んで座っている。日和の姿は見当たらない。練習の音も聞こえないので不在のようだ。

小百合がいつも以上に上機嫌な様子で、嬉しそうに口をひらく。

「さっき、そこの曲がり角で梢ちゃんに会って、お茶に誘ったの。お祖父ちゃんのお仏壇にも線香をあげてくれてね、芸能人のお話もいっぱい聞いちゃった！」

「ママと買い物をしてた帰りに、偶然ね。いやぁ、驚いたよ、里帰りかな？」

里帰り？　偶然？　十和は応接室の入口で立ち尽くす。昨日の今日で、そんな偶然があるのだろうか。

十和は完全警戒モードで気を引き締めて梢を見下ろした。昨日のやりとりで、十和は梢の中身が嫌味でいじわるな外面《そとづら》芸能人だと知っているのだ。今は両親がいるためか爽やか好青年を装っているが、とても信用できない。

「実は、十和くんとは、昨日会ったばっかりなんですよ。十和くんのバイト先で、たまたま会って」

「こず……じゃなくて、名久井さん、へんなこと言わないでよ」

こんな男、「梢ちゃん」なんて親しげに呼ぶことすら腹立たしい。あんなに大好きだったことが嘘のようだ。その本性を知った今、長年の初恋の相手が梢だったのかと思うと、悔しさと恥ずかしさで脳みそが沸騰しそうだった。

しかし今は、そんなことに腹を立てている場合ではない。

大学を退学する件もそうだが、仕事が見つかるまでの繋ぎだからと、アルバイトのことも両親には伝えていないのだ。

案の定、小百合がきょとんと首をかしげた。

「十和ちゃん、アルバイトなんてしてたの？　どこで？」

「海の家ですよ。小百合さんたちはご存じなかったですか？」

「……聞いてないわ。ねぇ、パパ」

「そうだね。アルバイトは構わないけれど、ひと言くらい相談してほしかったな」

「ご、ごめん」

反対されたわけではないけれど、不穏な空気が立ちこめる。これ以上不要なことは言わないでくれと、十和はひやひやしながら梢の様子をうかがう。

すみません、と梢が申し訳なさそうに目を伏せた。

「なんだか、よけいなことを言ったかな。――十和くんが大学を辞めるなんて聞いて、驚いていたので」

「ちょっ、名久井さん！」

さらりと投下された爆弾に、場の空気が一瞬で凍りついた。

驚きのあまり声も出ないのか、両親はお揃いの表情でぽかんと十和を見つめている。いつ言い出そうかと最良の時期を探っていたのに、台無しだ。

十和は狼狽して梢を見るが、その顔には先ほどの殊勝さなどみじんもなかった。しらっと冷茶に口をつける梢の様子から、申し訳なさそうな態度は演技だったのだと直感する。

もしかして、わざと言ったのだろうか？

そう問い詰めようとする十和を制したのは、小百合のめずらしい怒声だった。

「なに言ってるの、十和ちゃん！　どうしてそんな――」

「まあ、ママ、ちょっと落ち着いて話を聞こう」

興奮する小百合を宥《なだ》めるように、孝三がゆっくりと十和のほうへと上体を乗り出す。

「十和、どういうことだい」

「それは……」

今、話さなければならないのだろうか。ここには梢もいるのにと困惑するが、孝三も小百合も退くつもりはないようだ。小百合に至ってはくりくりとまるい目を血走らせている。

十和はしかたなく、覚悟を決めて口をひらいた。

「学校を辞めて、働く」

「働いて、どうするんだい」

「……日和の音楽資金を稼ぐ。日和のヴァイオリンは、絶対売らせないから」

躊躇《ちゅうちょ》なく告げる十和に、孝三の表情が曇った。

「どうすると訊いたのは、そういうことじゃないよ。十和自身の今後をどうするのかということだ。お金のためだけに働くなんて、それが十和のためになるとは思えない」

「そんな、のんきなこと言ってる場合⁉」

こんなときでものんびりした父親に、さすがに頭に血が上る。

十和はまっすぐに見据えて告げた。

「じゃあ、借金はどうするの？　五千万なんて大金を払いながら、日和をイタリアに音楽留学させられる？　おれも大学に通いながら？　絶対無理だろ！」

応接室の入口に立ったまま、十和は興奮状態でつづけた。梢がいることも忘れて、内情を吐露してしまう。

「おれの学校なんて、そんなのどうでもいい。日和みたいに叶えたい夢があるわけじゃないし、大学だって、なにがなんでも通いたいってほどじゃないんだから」

「――十和ちゃんのバカっ！」

わっと、小百合の声が弾ける。

驚いて目線を向けると、小百合が目をうるうるさせて十和を見つめていた。

「もちろん、日和ちゃんの夢も大事よ？　でもね、だからって、十和ちゃんばっかり我慢することなんてないじゃない。十和ちゃんってば、いつもそう。自分のことは、後回しにしてばっかりで……」

小百合がぐっと言葉を詰まらせる。

「それもこれも、十和ちゃんを頼ってばっかりの、ママたちがいけなかったんだわ。ごめんなさいね、十和ちゃん、愚かなママとパパを、どうか許してちょうだい」

そう言うなり、小百合が声を上げて泣き出してしまう。エプロンで激しく洟《はな》を啜《すす》る小百合の肩を、孝三が優しくさすって慰めていた。

とても冷静に会話できる雰囲気ではなくなり、十和は弱り切って言葉を詰まらせる。

「泣かないでよ、おれは母さんたちを困らせたいわけじゃ……」

収拾のつかない状況にうろたえていると、ふいに、通りのいい声が応接室に響いた。

「なんだか、大変なときにお邪魔してしまって、すみません」

爆弾を持ち込んだ張本人が、いかにも心苦しげに眉をよせる。

小百合を慰めながら、孝三が梢に弱り切った笑みを浮かべて詫《わ》びた。

「ああ、悪いね、梢くん。せっかく久しぶりに遊びに来てくれたのに、みっともないところを見せてしまって」

「いいえ、そんなことはありません。――それよりも」

梢は言葉を区切り、改めて孝三と小百合に向き直った。

「差し出がましいことかもしれませんが、僕も力になれませんか」

「……梢くんが？」

「その負債、いったん僕に返済させてください」

予期せぬ梢の発言に、十和たち全員が耳を疑う。

望月家の借金を、十年ぶりに再会した梢が代わりに支払うというのだろうか。昔、この家に住んでいたとはいっても、今では他人も同然の梢が？

五千万もの借金の肩代わりなんて、本気で言っているとは思えないけれど、冗談で言うにはタイミングが悪すぎる。

濡れた目をぽかんと見ひらく小百合の横で、孝三がハッとしたようにかぶりを振った。自分はホイホイとあちこちに寄付をするくせに、金額の大きさのためか、他人から借りることは気が引けるようだ。

「気持ちはありがたいけれど、いくらなんでも、久しぶりに会った梢くんに、そこまで迷惑はかけられないよ！」

「なにも、差し上げるわけじゃないですよ。お貸しするだけです」

なんでもないことのように言って、梢が人好きのする笑みを浮かべた。

「返済はいつでも構いませんし、利子もいりません。先ほど、日和くんの留学の話なども出ていたので、それだけでもだいぶ違うのかなと思ったんです」

「それは、まあ、たしかに……」

「どうせ口座に眠らせてるだけで、すぐには使い道もないものですから。お役に立てるなら、むしろ僕のほうこそ嬉しいので」

梢の言葉に、孝三の心が揺れる様が手に取るようにわかった。利子はいらず、返済期限はいつでもいいだなんて、今の望月家にこれほど助かる申し出はない。

それでも孝三は踏ん切りがつかないのか、腕組みをして唸《うな》るように言う。

「でもなぁ、額が額だし」

「本当に、遠慮はなさらないでください。以前、こちらでお世話になったお返しというわけではないんですけど、ぜひ力になりたいんです」

最後のひと押しとばかりの梢の笑顔に、ついに孝三の意地が折れた。

「……梢くん、本当に頼っていいのかな」

「もちろんです」

「無理してないかい」

「無理なことなら、最初から口にしませんよ」

いたずらっぽく笑う梢の手を、孝三がテーブル越しに握りしめた。ありがとう、と孝三まで泣き出しそうな勢いで頭を下げる。

「なんと言っていいのやら……、梢くん、本当に助かるよ！」

「ありがとうね、梢ちゃん！」

よかった、よかった、大団円、とにわかに盛り上がる三人の間に、十和が慌てて踏み込んだ。

「――ちょっと待った！」

きょとんとこちらを見上げる両親と梢に、十和は強い口調で告げた。

「いくら昔一緒に住んでたからって、そんな大金ほいほい借りていいわけないだろ！　名久井さんに甘えすぎだよ！」

「心配しなくても、梢くんにはちゃんと返済するよ」

「そうじゃなくて」

「十和ちゃん、世の中は持ちつ持たれつって言ってね……」

「こっちが一方的に持たれちゃってるじゃん！」

金銭のこととなると、やはり脳天気な両親に頭が痛くなる。

五千万という大金を、本当にこのまま梢に借りていいのだろうか。それも、こんなに簡単に。他に方法がないことはわかっているけれど、望月家の最後の良心を自負する十和が、ここですんなりうなずいてはいけない気がする。

お金を借りるということは、そんなに簡単なことではないはずだ。

それに梢は貸すだけだと言ったが、こちらの負担に思わせないためのポーズではないかとも感じた。あっさりしすぎた梢の態度が、音楽団体に寄付をするときの孝三や小百合の執着のなさにそっくりだったからだ。

もちろん、十和の勘違いかもしれないけれど。

「じゃあ、交換条件ということでどうでしょう？」

「……交換条件？」

突然そんなことを言い出す梢に、無意識に十和は眉をよせる。

顔を向けると、梢はテレビでも見ないほどのきらきらしい笑みを浮かべていた。爽やかすぎて胡散臭《うさんくさ》いのに、その本性を知る十和でも胸がきゅんと騒いでしまう。

しかし、次に梢の口から出た言葉に、一瞬で正気に戻った。

「しばらく、十和くんを貸してほしいんです」

「はっ？」

わけがわからず立ち尽くす十和の代わりに、孝三が尋ねる。

「どうして、十和を？」

「家のことを頼める人を、ちょうど探していたので」

梢は打って変わって、真剣な様子で両親に向き直った。

「今、僕はマンションでひとり暮らしなんですけど、仕事が忙しくて家のことまで手が回らないんです。ちょうど、家のことを頼める、信頼できる人を探しているところでした。十和くんなら信用できますし、夏休みの間だけでも手伝ってもらえると助かるんですが」

「で、でも、おれ、家事なんて――」

「それは大変だわ！」

突然の要望に動揺する十和の反論を、小百合の声がかき消す。

「十和ちゃん、梢ちゃんを助けてあげなくっちゃ」

「助けるって、でも」

「私もね、梢ちゃんが忙しくしてるんじゃないかしらって、ずっと心配してたの。うちの十和ちゃんはきれい好きだし、屋根の修理だってできるし、きっと梢ちゃんの力になれると思うわ！」

「いや、でも、料理は調理実習でしかやったことないけど」

「そんなの、つくっていくうちに上手になるから大丈夫よ」

小百合が、自信満々に豪語する。

「まあ、お家のことだから、十和ちゃんじゃなくて私が行ってもいいんだけど、お教室やお家を長時間空けるわけにはいかないし……」

「断固反対だよ、ママ！」

「パパもこう言ってるから、ね？」

小百合がにっこりと十和に告げる。

「で、でも」

「どうかな、十和。もちろん、無理にとは言わないけど」

断られるなんてみじんも疑っていない様子で、梢が微笑む。

「十和に手伝ってもらえると助かるんだけどな」

自分が梢のハウスキーパーになるなんて、昨日までの十和ならば天にも舞い上がりそうな展開だ。けれどその本性を知った今は違う。いじわるな梢とこれからも顔を合わせることになるなんて、冗談じゃない。

どうにかこの場を切り抜けようと考えるが、困っている梢を見捨てるのかという両親の無言の圧力は凄《すさ》まじかった。人という字は、人と人が支え合ってできているのよ。小百合の顔に、どこかのロン毛教師の言葉が書いてあるみたいだ。

逃げ場がない。三方を敵に囲まれ、後退しようにも背後は断崖絶壁という気分だ。

「……わかったよ、もう！」

十和は半ばやけになって、そう声を上げることしかできなかった。

3

「……ここ、ほんとに名久井さんがひとりで暮らしてるの？」

玄関口に立ち、十和は呆然と辺りを見渡す。

都内にある高級タワーマンションの一室だ。梢がひとりで暮らす住居ながら、間取りは3LDKだという。

スマートフォンが鍵になっていて、エレベーターで部屋のある階層に上がるだけでも認証が必要になる。上階の共用部には住人専用のフィットネスジムもあるそうだ。受付に座るコンシェルジュの女性とすれ違うだけでも、十和はカチコチに緊張してしまった。

それなりのセキュリティを求めると、オートロックがある程度のマンションでは難しいのだろう。顔の知られている職業だし、マスコミ対策などもあるのかもしれない。

すでに靴を脱いでいる梢が、十和を振り返る。

「ほんとは十和の家みたいな、落ち着ける雰囲気が好きなんだけど。昔、暮らしてたときも住みやすかったし」

「そうかな？　あんなにおんぼろなのに」

「そういえば、十和が屋根を修理するって、小百合さんが言ってたね」

「屋根っていうか、雨樋だけだよ。業者さんに頼むと、お金がかかるから」

梢が望月家を出てから今日に至るまでのことは、両親がすでに大方話している。望月家の現状を知って驚いていたようだが、梢が十和の前でそのことを話題にすることはなかった。

梢なりに、気遣ってくれているのかもしれない。

すこしは優しいところも残っているのだろうか。十和がちらりと目線を向けると、梢がからかうような笑みを浮かべた。

「中身はずいぶん逞しくなったんだ？　見た目は昔のまんまなのに」

「見た目も変わってるよ！」

「こんなにちっちゃいくせに、よく言う」

「ちょっ、名久井さ……！」

突然、梢の大きな手で頭をかいぐられる。

長身の梢に、小柄な十和の体はたやすく翻弄された。もう好きではないのに、ずっと恋をしていた名残なのか、いたずらだとわかっていても触れられると胸がどきどきと騒いで落ち着かなくなる。

「あと、その気色悪い呼び方、やめてくれない？　なんなの、名久井さんって」

「だ、だって」

「拒否権は認めません」

「……もう、わかったよっ、梢ちゃんって呼べばいいんだろ！」

ぐりぐりと髪の毛をかき回し、梢はようやく満足したのか手を放してくれた。

十和が梢をどう呼ぼうが興味なんてなさそうなものだが、おかしなことに拘《こだわ》るものだ。ぼさぼさになった髪の毛を整えながら、十和は梢にじとついた視線を送った。梢に触られた辺りが痺《しび》れたようになって、今もおかしな感じがする。

いまだに梢に反応してしまうなんて、自分が情けない。

再会してからずっと、梢にはいじわるを言われるか、おちょくられるかのどちらかだ。先ほどは家のことで気を遣ってくれているのかと思ったけれど、どうやら気のせいだったらしい。

十和は重い足取りで家に上がり、肩にかけたスポーツバッグを抱え直した。

梢に再会したのは、つい数日前のことだ。

とりあえず住み込みでという話になり、急ぎ必要そうな着替えなどをスポーツバッグに詰め込んで持ってきている。今日は仕事がオフだということで、車で迎えに来てくれた。重い荷物を電車で運ばずに済んだのは助かった。

おかげで、せっかく決まった海の家のアルバイトを辞めることになってしまったが、交換条件ということもあり梢の希望には逆らえない。

「あ、そうだ」

廊下のすこし先を歩く梢が、ついでのような口調で言った。

「夏休みはいいとして、大学始まってもうちから通えば？　ここからなら片道一時間もないし、大した距離じゃないでしょ」

「……それって、これからもずっと住み込みで働けってこと？」

「まあ、そういうことになるのかな」

「でも、この前は夏休みの間だけだって」

「五千万」

くるりと振り返り、梢がにこりと目を細める。

「帰りたいならそれでもいいけど、スポンサーは気まぐれだよ」

「ええええ、ずるい……！」

「タダより高いものはないって、いい勉強になっただろ？」

貸すと言い出したのは自分じゃないかなんて、さすがに口にできない。十和は梢の背中を追いかけながら、深くため息をついた。

どうやら自分は、気づかないうちに生贄《いけにえ》の仔羊になっていたようだ。

現代の平和な日本で、まさか借金の形《かた》にドナドナ——あの歌では仔牛だけど——されてしまうとは思いもしなかった。

昔は、望月家のお坊ちゃまだった十和の面倒を、梢が見てくれた。恥ずかしがってろくに話せなかったけれど、それでも梢は十和を大事にしてくれた。

それが今では、すっかり立場が逆転している。

それでも梢に借金を肩代わりしてもらう以上にいい方法はないと、十和にだってわかっていた。これで十和は大学に通うことができ、日和も音楽をつづけることができるのだ。長年住み慣れた自宅もヴァイオリンも、なにひとつ手放さずに済んだ。

十和の手伝いくらいで済むのだから、感謝してもしたりない。

複雑な思いはあるが、望月家を窮地から救ってくれた梢には、心から恩を感じている。本当はちゃんとお礼を言いたいけれど、梢がこの調子なのでつい言い出せずにいた。

願わくばもうすこし、昔のような優しい面影が残っていたらよかったのに。

ただ、梢の本性を知ったおかげでガチガチに緊張せずに済むのは助かっていた。今も梢のことを好きなままだったら、まともに目を見ることも話すこともできず、マンションに住み込みで働くことなど不可能だったはずだ。

「梢ちゃんって、テレビではかっこいいのに、ほとんど詐欺師だよね」

「俳優には褒め言葉だね」

精一杯の嫌みも、手応えゼロ。

リビングだと案内された部屋に、十和はとぼとぼと足を踏み入れる。そうして室内の全貌があきらかになった瞬間、十和は放心状態でスポーツバッグを落としてしまった。

「……梢ちゃん、なにこれ」

「なにって、リビングだけど」

「リビング？　ひっくり返したゴミ箱じゃなくて？」

二十畳はありそうな空間に、衣類や雑誌などが散乱している。強盗にでもあったのかと疑うほどだ。これは汚部屋だ。ディス・イズ・オベヤ。芸能界きっての爽やか若手人気俳優、名久井梢は、汚部屋の王子様だったのだ！

この部屋を今からひとりで片づけるのかと思うと目の前が真っ暗になった。

これでは生贄も必要になるわけだと、哀れな仔羊は呆然と立ち尽くしていた。


床に散らばっていた衣類を洗濯機に運び、その下から発掘したペットボトルをフィルムや蓋《ふた》と分解して大容量のゴミ袋に突っ込む。洗濯機も乾燥機もフル回転で、すでに三巡目に突入していた。

あれから延々と仕分け作業をつづけ、どうにかリビングの床が見えてきたところだ。

あきらかにゴミだと判別できるものはいいけれど、縄跳びやダンベルなど、発掘してもどこにしまっていいのかわからないものも多数ある。収納場所を訊きたいが、掃除に夢中になっているうちに、梢の姿は消えていた。

「梢ちゃん、どこ行ったんだろ」

十和はひと息ついて、その場に腰を下ろす。

直後、ぶにゅん、と尻に妙な感触が走った。

「っげぇ、なんでこんなところにマヨネーズ……、てか、中身出た！」

床に飛び散った白い油に、十和はがっくりと頭を抱える。

料理が得意だとバラエティ番組で宣《のたま》っていたが、そんな人がマヨネーズをリビングの、それもこんなゴミの中に放り込むだろうか。あれも単なるテレビ向けのポーズだったのかと、十和は肩を落とした。

大掃除に取りかかって、だいぶ時間が経っている。梢の家に着いたころはまだ昼過ぎだったが、そろそろ日が暮れようとしていた。

最初はゴミの多さに驚きおののいたが、部屋が片づくにつれて、全体がシンプルだとわかってくる。家具はソファやテーブルなど、必要最低限しかないようだ。大画面のテレビはあるけれど、台ではなく直接床に置かれてあった。

梢はいったい、これまでどんな生活を送っていたのだろうか。高層マンションの立派な部屋に住みながら、宝の持ち腐れもいいところだ。

「梢ちゃんって、実はずぼらだったんだ……。しっかりしてる人だって、ずっと思ってたんだけど」

昔はずぼらでもいじわるでもなかったが、実はこちらが本当の梢で、望月家に住んでいたときは猫を被《かぶ》っていたのかもしれない。

十和が気づかなかっただけで、なにも変わっていないのだろうか。

「それでも、やっぱり嘘つきだろ。無害で爽やかな顔して、テレビを観てる人たちを騙《だま》してるんだから」

ぶつくさ悪態をつきながら掃除をつづけていると、ソファの下に転がるまるい物体を見つけた。てのひらに収まるほどの、小さなカプセルトイだ。

白一色にコーティングされており、中身は見えない。

「……これ、いつ買ったやつなんだろ」

周りに小さな傷が無数にあり、かなり古そうだと推測できる。ずいぶん長くゴミの下に埋もれていたのだろう。興味本位で中をたしかめようとするが、固くて開かなかった。

中を見ることはあきらめ、十和はぽつりと呟く。

「カプセルなんて、懐かしいな」

カプセルトイを見ると、つい昔のことを思い出してしまう。

子供のころ、梢や日和と遊んだ宝探しだ。

ルールは単純だ。ちょうど今、十和が手にしているような中身の見えないカプセルトイに、自分の大切なものを入れる。それが宝物だ。それぞれがひとつずつ宝物を用意し、相手に気づかれなさそうな場所に埋めて探し合うのだ。

先に相手のカプセルトイを見つけた人の勝ちとなり、負けた人の宝物は勝った人のものとなる。

そのころは梢は日和と過ごしてばかりいたから、十和がたまに勇気を出してそばに近づこうとしても、ふたりで遊ぶことなどなかった。

しかしたった一度、梢が十和だけを宝探しに誘ってくれたことがある。梢とふたりきりだなんて緊張してしまい、なんと答えたのかも定かではないけれど、素直に「うん」とは言えなかったはずだ。

それでも嬉しくてたまらず、十和はとっておきの宝物を用意しておこうと考えた。梢との宝探しなのだから、本物の宝物でなければいけない。

あのときのことを思い出すと、決まって胸が苦く軋む。

梢とふたりでの宝探しは、結局、実現しなかったからだ――。

汚部屋の中心で愛の思い出に浸っていると、背後で扉のひらく気配がした。いつの間にか、梢が戻ってきたようだ。

「梢ちゃん、今までどこに……」

そう言いかけて、ギョッとする。

部屋に戻ってきた梢が十和の横を通りすぎ、どさりとソファに腰を下ろした。

Tシャツにボクサーパンツというラフすぎる格好もそうだが、なにより全身が濡れている。

頭や足から垂れる滴が、革張りのソファを容赦なく濡らした。

「梢ちゃん、その体で座っちゃだめだって！　ていうか、床もびちょびちょだし！」

「シャワー浴びたから。十和は掃除に夢中で相手してくれないし、上で走ってきたんだ。汗流してスッキリした」

「掃除に夢中でって、梢ちゃんが汚くしてるからだろ」

爽快な顔で答える梢に、十和はへなへなとその場で手をついた。

ヘンゼルとグレーテルのパン屑《くず》ではないけれど、梢が歩いたあとには濡れた足跡が点々と残っている。今座っているソファも傷みそうで気が気ではない。

「ひどいよ、梢ちゃん。せっかく掃除したのに……。シャワー浴びるのは勝手だけど、体くらいちゃんと拭いてよね」

「しっかり拭いたつもりだけど？」

「どこが？　頭も足も、ちっとも乾いてないのに」

小言を言う十和に、梢が面倒そうにソファの背にもたれる。

「文句言うんなら、十和が拭いてよ」

「や、やだよっ」

「やだって言われたら、無理にでもしてほしくなるのが人間ってもんだよね」

梢はにっと目を細め、首にかけたタオルを手に取る。「どうぞ」とにこやかにタオルを差し出され、十和はぐっと唇を噛《か》んだ。

五千万の首輪が、十和の自由を許さない。

十和はため息まじりにタオルを受け取り、腰を上げた。ふいに、梢が十和の手の中にあるカプセルトイに目線をやり、虚を衝《つ》かれたような顔になる。

「十和、それって……」

「あ、このカプセル？」

はい、と持ち主の梢に手渡した。

「ソファの下に転がってたよ。まだ開けてないみたいだから、一応捨てずに取っておいたんだけど」

捨てたほうがよかったかなと訊くと、梢が一瞬、目を伏せた。長い睫が揺れる。気のせいか、その表情に影が差したように見えてどきりとした。

梢はすぐに目線を上げ、いつもの人好きのする笑みを浮かべた。

「いや、これは取っとく」

表情が陰ったように感じたけれど、気のせいだったようだ。

わけもわからずほっとして、十和は尋ねた。

「あと、そうだ。あっちの縄跳びとかは？　他にも色々、どれを捨てていいのか教えてほしいんだけど」

「あれもぜんぶ捨てちゃだめ」

「……そうやってものを捨てないから、こんな汚部屋になっちゃうんだよ」

「これからは、十和が片づけてくれるから大丈夫だろ？」

余裕たっぷりに答える梢に、十和はムッと渋面をつくった。十和が反抗できない立場だと知りながら、なんてヤツだ。

見た目だけが完璧なぶん、よけいに腹が立つ。

十和はせめてもの仕返しにと、渾身《こんしん》の力で梢の頭をタオルで拭きはじめた。

「いった！　十和、乱暴すぎ！　商売道具の体に傷がついたらどうすんだよ」

「文句があるなら、ご自分でどうぞ！」

なんとでも言えばいい。優しくしてほしいのならば、大好きだった昔の梢ちゃんを返してくれ。

十和は知らないふりで、さらにガシガシと力を強めた。

梢のマンションでの生活が、一週間ほど過ぎた。

高層階で部屋の窓が開かないことや、梢以外の住人である他の有名人に会うたびビクビクしていた十和だが、どうにか慣れてきた。元はお坊ちゃまの十和だが、数年つづいた貧乏生活で、すっかり根が庶民なのだ。

汚部屋も隅々まできれいに片づけ、今はちゃんと人間の住《す》み処《か》となっている。

十和は買い物袋を提《さ》げて、マンションへの道を歩いた。

駅近くのスーパーで買い物を済ませた帰りだった。料理歴がきっかり一週間の十和にとって、毎日の炊事は掃除洗濯以上の大仕事だ。カレーライスくらいならば簡単につくれるけれど、さすがに連日同じ料理というわけにもいかず、日々の献立に頭を悩ませている。

午後のぎらつくような日差しに、十和は額の汗を拭った。

太陽の光で熱されたアスファルトも灼けつくようだが、都会的で落ち着いた街並みは十和もすっかり気に入っている。洒落《しゃれ》た店が多く賑わっていながら、近くには公園などもあり住みやすそうだ。

梢は今、仕事で家を空けていた。

仕事柄なのか梢の予定は不規則で予測しづらい。売れっ子というだけあって、一日外に出ているとことが多かった。次の休みもしばらく先だという。たしかに、テレビを観ているだけでも、その多忙ぶりは簡単に想像ができる。

今日も遅くなるとしか聞いていない。戻り時刻はわからないが、それでも毎日帰ってくるので食事の準備は欠かせなかった。

十和も一応、梢が帰宅するまでは食事に手をつけず待っている。遠慮せず先に食べていいと言われているが、夜遅くにひとりで食卓につく梢の姿を思うと、なんとなく気が引けてできなかった。

角を曲がり、梢のマンションのエントランスが目に入る。

そこに、十和は見慣れた弟の姿を見つけた。

「……日和？」

十和は目を瞠《みは》り、急ぎ足で日和の元に向かう。日和はヴァイオリンケースを肩にかけ、いつもと変わらない涼しい顔でこちらを見返していた。

「びっくりした！　どうしたの急に？　今日って、レッスンの日だっけ」

「うん、今から」

日和は週に一度、レッスンで東京に出ている。梢のマンションからは電車で数駅は離れているはずだが、わざわざ立ちよってくれたようだ。

「母さんから、これ、持っていけって言われたんだ。上手に焼けたから、ふたりに差し入れだって」

日和の差し出す大きめの紙袋を、十和は苦笑して受け取った。東京をひと括《くく》りにして、日和にお使いを頼むあたりは小百合らしい。

「これ、もしかして、レモンケーキ？　梢ちゃん、このケーキ好きなんだよね。きっと喜ぶよ」

レモンケーキは、小百合の得意な菓子のひとつだ。

ピクニックなど、どこかに出かけるときによく焼いてくれた。食べやすいサイズに切り分けて、ランチボックスに入れて持たせてくれたものだ。

別名を、ウィークエンドシトロンという。

週末を過ごす、大切な人と食べるケーキなのだと、そう十和に教えてくれたのはまだ学生時代の梢だった。家族、恋人、友人、特別な誰かと食べるケーキ。名前の由来を教えてもらい、十和もこのケーキがますます大好きになった。

レモンの風味が爽やかなバターケーキに、レモン風味のアイシングをたっぷりかけてある。シャリシャリとしたアイシングの食感が癖になる、夏にぴったりのケーキだ。

日和の目線が、ふと十和の持つ買い物袋に留まった。

「買い物の帰り？」

「うん、今日の晩ご飯の材料。梢ちゃん、いっつも夜遅いし、軽めの冷やし中華にしようと思うんだけど、どうかな」

梢は、実は好き嫌いがかなり激しい。

こちらで一緒に暮らしはじめてわかったことだ。出した料理は残さず食べてくれるけれど、苦手な献立だと十和が箸で梢の口に運ばなければ食べてくれなかった。望月家では生や半熟の卵以外はなんでも食べていたが、本当は無理をしていたのかもしれない。

今の梢はわがまま放題だ。アイスを食べたいなどと夜中に言い出し、突然、夜中の買い出しに付き合わされることもあった。まるで大きな子供だ。思いつきに振り回されるこちらの身にもなってほしい。

こっそりため息をつく十和に、日和が口をひらいた。

「家の手伝いって聞いてるけど、……なんだか、兄さん、さっきから梢ちゃんの奥さんになったみたいだね」

「は、はあ?」

「さっきから、梢ちゃんの話ばっかりだし」

日和の指摘に、一気に顔が赤くなる。

「そんなわけないだろ！　どっちかって言うと、奴隷っていうか……、こき使われてばっかりなんだから！」

「冗談だよ」

慌てふためく十和に、日和はそっけなくそう答える。

日和の冗談はわかりづらくて心臓に悪い。ジッと、どこか探るように見つめる日和に、十和はつい身構えた。

「な、なんだよ」

「兄さん、いつまで梢ちゃんの家にいるの？」

「え？」

「……帰ってきなよ」

しゅんと目線を落とし、日和が十和のシャツの裾《すそ》を摑《つか》んだ。

「母さんたちなら僕が説得する。……兄さん、僕のために無理してくれてるんでしょ？　そんなの、嫌だ」

とつとつと告げる口調が、どこか頼りない。いつもの日和らしくない、気弱な態度だ。日和は日和なりに、十和のことを心配していたのだろう。家の問題で無理をしていると、心を痛めていたのかもしれない。

才能豊かで飄然《ひょうぜん》とした弟にも、案外、可愛いところがあるらしい。

「ありがとう、日和。でも、無理なんてしてないよ」

十和は力づけるように言って、日和に笑いかけた。

「それに、今はおれのことより、ヴァイオリンだろ？　留学前で大事なときなんだから、頑張らないと」

「兄さん、でも」

「――あれ、十和だけじゃなくて日和もいる」

日和がなにかを言いかけるが、予期せず割り込んだ男の声に遮られる。

マンションの前に停車した車が、梢を降ろして走り去った。今日は夜まで仕事だと聞いていたが、早く終わったのだろうか。

「梢ちゃん、今日、遅くなるんじゃなかったっけ？」

「また後で出るんだけど、ちょっと時間ができたから。それより、驚いた。日和にも会えるとは思わなかったから」

梢が嬉しそうに目を細めて気安く話しかけるが、日和は考え込むように小さく首をかしげるだけで答えなかった。無言のまま、しげしげと梢を見上げている。

そんな日和に、梢が困ったような笑みを浮かべた。

「もしかして、俺のこと、あんまり憶えてない？　俺がそっちの家で世話になってたときは、まだ小さかったし、無理もないけど」

「ううん、テレビで見てるから。……昔のことも、ちょっとだけ憶えてる」

そう答える日和の眼差《まなざ》しが、どこか意味深だ。

日和は感情表現が豊かなほうではないけれど、それにしても様子がおかしい。久しぶりの梢との対面に、緊張しているのだろうか。

日和の警戒を解くように、梢は明るく話しつづける。

「せっかくだし、上がってお茶でも飲んでいく？　こんなところじゃ暑いだろ」

「そうしたいけど、今からレッスンがあるから」

「そっか、残念」

梢はあっさりと退くが、にこやかにしながらも残念そうだ。

昔、可愛がっていた日和と会えて、心底嬉しく感じているのだろう。十和と海で再会したときとは、態度が大違いだ。十和に言うようないじわるなことは言わないし、わがままな顔を見せることもない。

そのことに、なぜだか十和の胸がちくりとした。

子供のころの名残なのか、梢と日和がふたりでいると、どうしても会話に入りづらく感じてしまう。それに凜々《りり》しい梢と美少年の日和は、並んでいるとそれだけで絵になった。落ち着きがなく凡庸な十和の入る場所などないみたいだ。

自分だけが輪の外に弾き出されたような所在なさに、息が詰まる。

「もう行かなくちゃいけないんだけど……、また、来てもいい？」

「もちろん、いつでも」

そう尋ねる日和に、梢は白い歯をこぼす。

ヴァイオリンのこと以外はほとんど関心を示さない日和が、自分からこんなことを言い出すなんて、めずらしいことだった。それほど、梢に好印象を抱いているということだろう。そんなやりとりにも、十和の気持ちが重くなる。梢のことなど、もう好きではない。それなのになぜそう感じるのかがわからず、よけいに気が滅入《めい》ってしまった。

立ち去る日和の背中を見送りながら、梢が感心したようにこぼした。

「久しぶりに会ったけど、本当にそっくりだな」

「え?」

「十和と日和だよ。五歳も違うのに、顔だけなら双子《ふたご》みたいだ」

そっくりだという梢の言葉に、なぜか胸がざわつく。

他の誰に言われても平気なのに、それが梢の発言だというだけでこうも敏感に反応する自分が不思議だ。

「……でも、おれと日和とじゃ、雰囲気が違うでしょ」

「たしかに、性格だけなら同じ兄弟とは思えないかもな」

いたずらっぽく言って、梢は十和を見下ろす。

どちらかを褒めてどちらかを貶《けな》しているわけでもないのに、優れた弟との差を知っているから、つい後ろ向きに受け取ってしまう。普段はこんなにネガティブな考え方をする十和ではないのに、なんだか今日は調子がおかしい。

「ていうか、日和、なんの用だったの？」

「あ……、レモンケーキ、持ってきてくれたんだ」

「小百合さんの？　わ、すげー嬉しい！」

梢の表情がパッと輝く。なにやらいいアイディアが浮かんだとでもいうように、梢が楽しげにつづけた。

「今度、十和もつくってみてよ」

「つくるって、なにを？」

「週末にね」

梢の口振りから、ウィークエンドシトロンのことだと気づく。

「無理だよ。だって、おれ、お菓子なんてつくったことないし」

「十和に拒否権はないって言っただろ？」

平然と言ってのけ、梢は上機嫌でマンションに入っていった。浮き足立つような梢の後ろ姿に、さらに憂鬱《ゆううつ》さが増す。

――日和には、あんなに優しかったのにな。

梢にとって十和は、昔から可愛がっていた日和とは違って適当に扱っていい存在ということだろう。梢でなくても、みんな同じだ。平凡な十和と才能に満ちた日和との扱いが違うことなんて、慣れている。

とぼとぼと梢のあとを追って、十和もエントランスの扉をくぐる。

このまま肩を落としていては、梢におかしく思われるかもしれない。部屋に上がるまでには元気を出さなくては。

自分自身にそう言い聞かせ、ゆっくりと一歩、足を進めた。

4

「かんぱーい！」

大衆居酒屋の一席に、若い集団の声が響く。

平日の夜、店内は会社員らしき人たちであふれていた。十和たちと同じ大学生の集団は、辺りにちらほらしか見当たらない。

「追加で頼むけど、なにかいる人ー？」

呼び出しベルのそばに座る十和の友人が、明るく声を上げた。唐揚《からあ》げや出汁《だし》巻《ま》き卵など、男女六人がそれぞれ好き放題に注文する。

頼んだ料理が届きはじめ、卓上もすこしずつ華やかになっていった。

「サラダ、適当に取り分けちゃってもいーい？」

「うん、ありがとう」

席の向かいでトングを摑む女の子に、十和はかすかに頬を染めて答える。

彼女とは初対面だ。正確には、六人のうち半分を占める女子三人、全員が面識のない子たちだった。学部の友人から人数が足りないとせがまれ、急遽《きゅうきょ》合コンに参加することになったのだ。

本当は、こういう席はあまり慣れていない。苦手なわけではないが、単純に不慣れなのだ。それでも参加を決めた理由は、頼み込まれて断り切れなかったということもある。けれどそれ以上に、気分転換にちょうどいいと考えたからだ。

昨日の出来事を、十和はいまだに引きずっていた。

梢と日和の再会で感じたもやもやが、ひと晩過ぎてもまだ胸に残っているのだ。新しい恋をすれば、梢のことで心が揺れることもなくなるかもしれない。そんな期待もひそかに抱き、この場に座っていた。

長年の片想いのせいか、いまだに梢の一挙手一投足に敏感に反応する自分を自覚せずにはいられない。もう終わった恋だというのに、厄介なものだ。

今夜、同席している相手は、地元の女子大に通う女の子たちで全員可愛らしいうえに親しみやすい。雰囲気よく会話もはずみ、おかげでずいぶん気分が晴れていた。

梢には、合コンに参加することをメッセージアプリで伝えてある。

家の掃除などはしっかり終えてきたし、梢の夕食はラップをかけて用意した。仕事中で確認できていないのか返信はまだだが、仕事を終えた上で遊びに行くのだから、問題はないだろう。

乾杯から三十分ほどが過ぎ、場がさらに盛り上がる。十和のグラスも数杯目に突入し、初対面の気まずさなどすっかりなくなっていた。

今日は来てよかった。素直にそう思える集まりだ。

「ごめん、ちょっとトイレ」

いい具合に酔いがまわり、十和はふらりとした足取りで立ち上がる。

それと同じタイミングで、ジーンズのポケットに入れた携帯電話が震えはじめた。着信だ。画面には、梢の名前が表示されている。メッセージを見て電話をかけてきたのだろう。

「もしもーし、梢ちゃん？」

アルコールでふわふわしながら、十和は電話を取る。

ふふふ、と上機嫌で答えるが、しばらく沈黙がつづき、返事は返ってこない。いぶかしく思って小さく首をかしげると、電話の向こうから低くそっけない梢の声が聞こえてきた。

『――今、どこ？』

「え？　……あ、えっと、大学の近くの、『万福《まんぷく》』って居酒屋だけど」

店内の喧噪《けんそう》で声が聞きづらいが、それでも梢が不機嫌らしいことは間違いない。いい気分だったのに、冷や水でもかけられたように一気に正気に戻った。なにかしただろうかと考えるが、とくに理由は思い当たらない。

十和は携帯を耳に当てたまま、落ち着いた場所を目指す。店の廊下を歩きながら、通話をつづけた。

『とにかく、早く帰っておいで』

「え？」

『今すぐ店を出て戻ってくるなら、怒らないであげるから』

「ええ？」

一方的な言い分に、十和はぽかんとしてしまう。

なにを怒られることがあるのか、それすらわからない。梢はいつもいじわるで十和をからかってばかりだけれど、こうしてはっきりと苛立《いらだ》ちを見せることはめずらしかった。

「あの、ごめん。梢ちゃん、なんで怒ってるの？　掃除、ちゃんとしたし、ご飯もテーブルに準備してるはずだけど……」

『そういうことじゃなくてさ』

耳元で、梢がため息をつく気配がした。

『合コンに行くなんて、認めた憶えはないよ。返事だって、撮影中で返せてなかったのに、勝手にこんなことして、いいと思ってる？』

「えええ？」

どうやら、十和が合コンに参加していることに腹を立てているようだと、ようやく気づく。理由がわかったことで、ますます不可解さが増した。

なぜ、合コンに行くのに梢の許可を得る必要があるのだろうか。

「あのさ、梢ちゃん。たしかに、梢ちゃんには助けてもらった恩があるし、家の手伝いだってしてるけど、召使《めしつか》いじゃないんだよ？　やることをやって友達と遊びに行くんだから、そんなに怒るようなことじゃないと思うんだけど」

『……それ、本気で言ってる？』

「もちろん、本気だけど……」

『へえ。十和のくせに、逆らうんだ？』

吐きすてるような梢のひと言に、十和もさすがにムッとしてしまう。

梢のほうこそ、いったい何様のつもりなのだろうか。十和のくせにだなんて、未来のにゃんこ型ロボットが出てくるアニメのいじめっ子か。

「ていうか、梢ちゃんにそこまで言われる筋合い、ないと思う」

十和はむっつりと廊下の真ん中に立ち止まり、毅然《きぜん》とした声で告げた。

今は借金のことも、自分がドナドナされた仔羊であることも、すべてが遠い彼方《かなた》へ飛んでいる。

「友達が待ってるし、梢ちゃんの自分勝手になんて付き合ってられないよ。なんて言われても、おれは絶対帰らないからっ」

それだけを告げて、十和は一方的に通話を終える。

電源も切り、トイレに行くことも忘れて速攻で席に戻った。十和は着席するなり、グラスに半分以上残っていたカクテルを一気に飲み干す。

アルコールに強いほうではないけれど、梢への怒りが収まらずぐいぐいと酒が進んだ。周囲の友人たちも、十和のハイペースを面白がって合いの手を入れるものだから、ますます止まらない。

こちらが下手《したて》に出ていればいい気になって、本当に腹が立つ。

芸能人様だから、十和の家にお金を貸しているから、だからって『十和のくせに』なんて、見下しすぎではないだろうか。自分だって、ひと皮剝《む》けば嘘つきでいじわるな汚部屋の住人のくせに。

もう二度と、梢のマンションになど戻るものか。

そうしてあの広い部屋でひとりきり、ゴミに埋もれてしまえばいいのだ！

顔は笑いつつも内心でそんなことを思いながら飲みつづけ、一時間ほど経っただろうか。もはや自分が何杯飲んだのかもわからず、すっかりでき上がったころ。ふと、店の入口辺りが騒がしくなった。

波のように、黄色い声がだんだんとこちらに近づいてくる。

なんだろうかと振り返った先に立つ見慣れた男に、十和は比喩でなく本気で固まってしまった。

「盛り上がってるところ、ごめんね」

にこりと微笑む梢に、十和と同席している女の子たちが一気に色めき立つ。

「やだ、なんで？　名久井梢がいる！」

ひそひそと話しながら梢を盗み見る客もいれば、堂々とスマートフォンを向ける不躾《ぶしつけ》な客もいた。帽子や眼鏡《めがね》なども身につけておらず、梢は自分の顔を隠す気すらないようだ。いつもはもうすこし注意しているようなのに、大丈夫なのだろうか。

正体ばれてますけど、と心の中で突っ込む十和のほうが野暮なくらいだ。

「梢ちゃん、なんでここに……？」

「そんなの、決まってるだろ」

当然だとばかりに、梢が微笑む。その完璧な笑顔に、なぜだか十和の背筋が凍りついた。ゾクゾクと、爪先《つまさき》から頭のてっぺんまで悪寒が走り抜ける。

「帰ろう、十和」

絶句する十和に、梢は平然と宣ったのだった。

親猫に首をくわえられた子猫のように、十和はうむを言わさずマンションに連れ帰られてしまった。

　第一、店内で人数が限られていたとはいえ、人前でああも目立つ行動を取って平気なのだろうか。へたをすれば揉《も》めごとなどの噂《うわさ》に発展する可能性もあるのに、梢は不用心だと思う。十和が刃向かったことが、よほど腹に据えかねたようだ。

　帰りの車の中でも、梢は運転しながら終始無言を貫いていた。マンションに戻り、玄関に入って扉を閉めた今も、梢はむっつりと口を閉ざしたままだ。

「梢ちゃん、まだ怒ってる？」

「怒ってないと思う？」

　おそるおそる尋ねた十和に、ようやく梢が目線を向ける。

　その顔はやはり不機嫌そのもので、十和はたまらず口をつぐんだ。

「十和さ、どういうつもり？　帰ってこいって言ってもぜんぜん話を聞かないし、携帯の電源まで切って、しかも顔が真っ赤になるほど飲むなんて」

　声を荒らげたりはしないが、温度の低い怒りに押される。身長差のある梢に冷たい表情で見下ろされると、それだけでど迫力だ。梢の威圧感に押されてしまい、酔いなどすっかり醒《さ》めてしまった。

　それでも、友人たちと合コンに行くことが誰かに怒られるようなことだとは思えない。十和はちゃんとすべきことをして、遊びに行ったのだから。

十和は梢から目を逸らし、もごもごと小声で呟いた。

「ていうか、遊んでるとこを邪魔されて、怒りたいのはこっちだよ」

「へえ」

「さっきも言ったけど、おれは梢ちゃんに怒られるようなこと、してないし」

「後ろめたくないなら、どうして目を合わせないの？」

「……それは、梢ちゃんが、怖い顔してるから」

必死に虚勢を張る十和に、梢が小さく息を吐いた。

「あのさ、今はこの家で一緒に住んでるんだから、十和がおかしなことをしないように見守るのは年上の俺の義務だろ」

「おかしなことって……、合コンだよ？　おれはもう二十歳だし、大学生なんだけど」

「二十歳で大学生だから、十和は合コンで彼女を見つけたいんだ」

「おれがそう思ったら、なにかおかしい？」

からかうような梢の言い方に、十和は思わず眉をよせて顔を上げる。

互いの目線が交差した瞬間、いきなり梢に両頬をてのひらで包まれた。そのまま力を込めて、頬を中心に押しつぶすようにされる。

「ぶっ」

「こんな女の子みたいな顔して、彼女をつくろうなんて百年早いよ」

むにゅむにゅと両手を動かされ、十和はたまらず翻弄される。いいように扱われながらも、あまりの言い分に十和も黙ってはいられなかった。

梢の手を振りはらい、きつく睨みつける。

「女顔とか関係ないっ。おれは、外見なんかで判断しない、ちゃんとした女の子を好きになるんだから！」

「へー……、あ、そう」

ことさらに醒めた声で言い、梢は十和の肩をトンと押した。突然のことに踏ん張りがきかず、後ろにある扉に軽く背中を打ってしまう。

そのまま至近距離で見下ろされ、どきりと胸がはずんだ。

冷たく怒っているときでさえ、梢の顔は造形物のように整っている。

「な、なに？」

「それなら、訊くけど。ちゃんとわかってる？　もし、十和の言う『ちゃんとした子』と付き合えたとしたら、ただその子と一緒にいるだけじゃだめなんだよ」

「え？」

「十和に、できるの？」

「できるって、」

なにを、と言いかけた言葉は、突然のキスで唇を塞がれて声にならなかった。

自分の身に起こっている事態を、すぐには理解できない。呆然と目を見ひらいて立ち尽くす十和の唇の隙間《すきま》から、ぬっと濡れたなにかが入り込んできた。

それが舌先に触れた瞬間、たまらず体が震えた。

「…っふ、う」

容赦なく絡みついてくるそれが梢の舌だと、一拍遅れてようやく気づく。

梢に口づけられている現実に、十和の頭の中がまっしろになった。今の今まであれほど不機嫌だった梢に、なぜ自分はキスをされているのだろうか。あまりの急展開に、頭が追いつかない。

「ん、ふ、ん、っんぅ――――!」

どっと激しくなる心音を聞きながら、十和は反射的に梢の体を押し返そうとした。しかし扉と梢との体に挟まれた小柄な体では、ろくに力が入らない。

十和の抵抗などものともせず、梢は口づけをつづける。梢の舌が、大胆に十和の口内を犯す。絡んだ舌を強く擦《こす》るようにされ、ぞくりと肌が粟立《あわだ》った。

「…っう、あ、こ、こずえ、ちゃ……っ」

キスの合間にどうにか名前を呼ぶが、梢が十和を解放することはなかった。

それどころか、口づけの激しさは増す一方だ。十和は呼吸もままならないというのに、唾《だ》液《えき》があふれるほど深く舌で愛撫《あいぶ》されてしまう。噛みつくようなキスに、十和はただ翻弄されることしかできなかった。

年齢イコール恋人いない歴の十和にとって、このキスが正真正銘初めてのキスとなる。それがこれほど激しいものだなんて、想像もしなかった。

重なり合う口から溶けて、まざってしまったらどうしよう。本気でそんな不安に襲われ、怯えてしまう。

「…っ、んう」

十和は怖くてたまらず、無意識に梢の肩にしがみついた。

ぎゅっとつむった目に涙を浮かべて震えていると、ふいに梢の口づけが優しくなる。

抉《えぐ》るように絡められていた舌の動きが、いたわるようなものへと変わる。ちゅくちゅくと唾液を擦《す》り込むように愛撫されると、なぜだか体の奥に熱が生まれた。

「は、…あ、梢ちゃん……」

妙に心地よくて、頭がぼうっとしてしまう。

先ほどまでは怖いばかりだったキスに、十和はいつの間にか夢中になっていた。丁寧に歯列の裏を舌先でなぞられ、そんな刺激にも胸が熱くなる。

キスって、こんなに気持ちのいいものだったのか。

十和はぼんやりとそんなことを思う。口づけだけでなく、密着する梢の硬い胸元や肩にも胸が高鳴った。十和よりすこし低い体温が快く、離れがたいほどだ。

ふっと、重なっていた梢の唇が離れる。

遠くなる唇をぼんやりと見上げる十和に、梢がふっと目を細めた。

「こういうこと、十和が女の子にしてあげられるの？」

「え……」

梢の言葉に、十和はハッと現実に引き戻される。

突然梢にキスされて、されるがままになっていた。抵抗も忘れてうっとりと口づけを受け、それどころか離れたくないなどと考えていた自分に、一気に全身が熱くなる。

突拍子もない行動に出た梢ももちろんだが、それ以上に自分自身が信じられない。

「あ、あ、あ、な、なんで、梢ちゃん、ていうか、おれ――」

「キスしただけでこんなにテンパッてるんじゃ、この先はもっと無理そうだね」

あわあわと赤面する十和の下肢《かし》に、梢が手を伸ばしてきた。

衣服の上から擦るように触れられ、ビクリと十和の肩がはねる。先ほどのキスのせいか、わずかに硬くなっていた。

たやすく反応を示す自分の体に、泣きたくなる。

「お、終わり、もう終わり！　もう、からかわないでよ……！」

これ以上、好きにされてはたまらない。どうせ、梢は恋愛に不慣れな十和をおちょくってこんな行動に出ているのだ。自分のうろたえる姿を見て楽しんでいる梢になんて、触られたくなどなかった。

それでも梢は、十和を解放するつもりはないようだ。

必死な懇願も関係なく、すっと十和の下肢を撫で上げた。

「ひゃっ」

「からかってるんじゃなくて、教えてあげてるんだよ」

「教えるって、なに……」

「彼女をつくって、いつかこういうことをしてあげたいんでしょ？　手本を見せてあげる。だから、十和もちゃんと憶えて」

「でも、女の子には、こんなの、ついてない！」

「気持ちよくしてあげるんだから、だいたい一緒だよ」

「…そんな、わけっ」

そう言うのと同時に、梢の手がジーンズの中に入ってくる。兆しかけた敏感な場所を直接触られ、たまらず腰が震えた。

性器を他人の手で刺激されるなんて初めてのことだ。それも、長年想いつづけた梢の手だと思うと、それだけで全身の感覚が鋭敏になった。根元からゆるく擦られ、あられもない声が漏れてしまう。

「や、あっ」

自分でも聞いたことのないような甘ったるい声に、十和はたまらず口を押さえた。いかにも情事を思わせる喘《あえ》ぎに、羞恥《しゅうち》のあまり目元が熱くなる。こんな声、梢にはとくに聞かれたくない。

けれど梢は十和の嬌声《きょうせい》を引き出すように、巧みに手を動かしていく。

「いやだ、や…、やめ、て」

十和はこの場から逃れようと体を捩《よじ》るが、もっとも弱い箇所を握られてはそれも敵わなかった。徐々に刺激を強くされ、十和の目の前がチカチカと明滅する。

薄い皮膚《ひふ》の上を、梢の指が何度も往き来する。そのたびに十和の性器はぐっと芯を持って硬くなっていった。あっという間に完全なかたちとなる。

「ん、う、…んぅ」

立てつづけに与えられる刺激にとても立ってなどいられない。

十和はへなへなと、背を扉に預けたまましゃがみ込んでしまった。それでも梢の愛撫が中断されることはない。自分でするのとは段違いの快感に、頭がとろけたようにぼうっとしていく。

裏筋をくすぐるように責められ、先端のふくらみをきつく擦られる。十和の性器は絶えず与えられる悦《よろこ》びにとろとろと蜜をあふれさせた。薄い蜜が梢の指に絡みつき、ちゅくりと濡れた音を立てる。

「や、あっ、も、くる、し……っ」

初めて他人に与えられる未知の快感は、十和には強すぎる。

痛みか快楽かもわからないほどで、大きく立ててひらいた膝《ひざ》がビクビクと震えた。わけもわからず息が上がる。十和にはとても制御できない。

「十和、顔、見せて」

「…や、だ、見ない、で、梢ちゃ……」

慌てて腕で隠そうとするが、力が入らずあっさり梢に取り払われてしまう。

はあはあと呼吸を荒くしながら顔を上げると、ふっと梢と目が合った。なぜだか、梢のほうが興奮しているような、獰猛《どうもう》な目でこちらを見つめている。

熱く燃えるような梢の眼差しに、胸がギュッと切なくなる。

「額に汗かいて、えっろい顔してる。……十和、可愛い」

「や、やだって、ば」

こんなみっともない顔を見て楽しむなんて、梢はやっぱり意地が悪い。

ますます顔を赤くしてうつむく十和の頬に、梢が唇を軽く押し当てた。ちゅ、ちゅ、と乾いた音を立てながら、梢の唇が十和の顔を移動する。

「……好きだよ、十和」

「んっ」

「唇、すげー震えてるね。俺の手で気持ちよくなってくれたんだ？　やらしい声、もっと聞かせてよ」

「や、う…、んう」

「ほんと、可愛い。キスしてるだけでこっちもイきそう」

口づけの合間に色っぽい声で囁《ささや》かれ、ぞくりと体の芯が震える。

下肢への愛撫も一緒につづけられ、十和は梢の腕の中で喘ぐことしかできなかった。梢はそんな十和の反応を見て、楽しんでいるようだ。十和が妙な声を出して体を震わせるたび、嬉しそうにキスを繰り返すのだ。

――また、梢にからかわれている。

好きだなんて、梢が本気で十和に言うわけがない。これも梢の言葉の通り、レッスンの一部なのだろう。そう思うと、苦い涙が目元に浮かんだ。

そう頭ではわかっても、体は完全に梢の手に陥落していた。全身をぐずぐずに溶かすような甘い刺激から逃れることはできない。気持ちよくて、焦《じ》れったくて、梢の手を払いのけることなんて、とても考えられない。

「ねえ、十和、こんなこと、誰かとできる？」

ふいに耳元で囁かれ、十和の肩がビクリと震えた。

「ひゃ、あ」

「できないよね?」

「ん、…や、わかんな…い」

「わかんない、じゃなくて、できないの。こういうことは、俺としかしちゃだめだから。わかる?」

子供をあやすように、梢は優しい声で言う。

どうして他の人はだめなのに、梢とはしていいのだろうか。合コンのこともそうだったけれど、今日の梢の言葉はいつも以上に不可解だ。

けれど先端の窪《くぼ》みをその指先で弾くようにされると、体が一気に熱くなって意識が霧散してしまう。

「や、あっ、あん」

瞬間的に強い刺激を与えられるが、すぐにその指は離れていった。体の内側にはたしかに熱がたまっているのに、上り詰めるほどの快感はもらえない。

決定的な刺激が欲しかった。もどかしくて涙がこぼれる。

「こ、こずえ、ちゃ、も、もう……」

「十和がちゃんとわかるまで、楽にしてあげられないよ」

「や、やだ…、はや、く」

「早くしてほしいなら、どうしようか?」

ひく、としゃくり上げる十和に、梢がふたたび重ねるだけの口づけをする。

すっかりそそり立った十和の性器を、梢は弄《もてあそ》ぶようにゆるく擦りつづけた。焦れったさがさらに募る。梢の望みを叶えなければ、解放はないのだと十和に教え込むようだった。

これ以上は、とても我慢できない。

性器をやんわりとひと撫でされ、十和はわけもわからずうなずいた。

「わ、かった、こず…、ちゃん……、梢ちゃんと、だけ」

「俺とだけ、なに？」

「え、えっちなこと。…梢ちゃんとしか、えっちなこと、しない」

「キスは？」

「…キス、も」

「よくできました」

梢は満足そうに微笑んで、十和に噛みつくようなキスをする。

くちゅくちゅと舌を搦《から》め捕《と》られ、下肢への愛撫も強くされた。焦らされつづけて刺激に飢えていた十和の性器は、先ほどの比ではないほどあられもなく蜜をこぼしはじめる。

体の奥底から這《は》い上がってくるような悦びに、全身の肌が粟立つ。

「あ、あ、あん、こ、こずえ、ちゃ…！」

気持ちいい、と熱に浮かされたように言う十和に、梢が目元を赤くして苦笑した。

「十和がここまで気持ちいいことに弱いなんて……。嬉しいけど、心配だな。こんな顔、本当に他の誰にも見せちゃだめだからね」

「…っん、うん」

ろくに意味も理解しないまま、十和はこくこくと首を振る。

すでに酔いなどどこかにいったと思っていたけれど、飲み過《す》ぎたお酒のせいもあるのかもしれない。現実離れした酩酊感《めいていかん》に、体中がふわふわと浮いているみたいだった。

恋人でもない、ましてや好きでもないはずの梢と、肌を合わせていいはずがない。そうわかっているのに、その手をはねのけることなど不可能だ。

キスも愛撫も、梢のしてくれることは、ぜんぶ気持ちいい。流されてしまう。

「十和、大好き」

「――や、あ、あぁっ」

大好きだなんて、冗談やレッスンで言われたくない。

そんな心とは裏腹に、梢の手に導かれるまま、十和は恍惚《こうこつ》と白い欲望を吐き出した。


なんだか、下半身がだるい。

温かく心地よいなにかにくるまれて、十和はうとうととまどろんでいた。今は何時なのだろうか。辺りがうっすらと明るい気がするので、もう朝かもしれない。

全身を包むなにかが、ぎゅっと十和に覆いかぶさってきた。毛布にしては、なんだか様子がおかしい。動く毛布なんて、聞いたこともない。

「ん……」

いぶかしく思い、十和はゆっくりと重い瞼《まぶた》を押し上げる。

その目に飛び込んできた光景に、十和はそのまま硬直してしまった。

「おはよ、十和」

十和の隣で横になって、梢がこちらを見下ろしている。毛布だと思っていたなにかは、梢の腕だった。十和の体を抱きよせるように、腰に絡みついている。

驚きすぎて声も出ない十和の髪に、梢がちゅっと軽く口づけた。

「今日、昼から仕事なんだけど、それまでどうする？」

「ど、どう、って？」

「せっかくだし、ＤＶＤでも借りに行く？　それか、飯食いに出てもいいけど、このまま時間までゴロゴロするほうがいいかな」

にこりと目を細める梢の雰囲気が、なんだかやけに甘い。

目線だけで辺りを見渡し、十和はようやく、ここが梢のベッドだということに気がついた。

寝起きのせいか、記憶がはっきりしない。ちんぷんかんぷんの状態で体を起こすと、さらに驚愕《きょうがく》すべき事態が発覚した。

「——ひあっ⁉」

信じられないことに、十和はほとんど裸なのだ。下着も穿《は》かず、かろうじてシャツに腕を通しているだけだ。そのうえ胸元には、あちこちに鬱血跡が散っていた。対する梢はしっかりと衣服を着ているので、みっともない格好をしているのは十和だけだ。

「えっ、な、なに、なんで、おれだけこんな格好」

思い出すことが恐ろしい。できれば忘れたままでいたい気もするけれど、そうも言っていられない。

望む、望まないにかかわらず、頭がはっきりするに従って、昨夜の記憶が容赦なく鮮明によみがえってくる。

——そうだ、昨日、十和は梢にキスをされたのだ。

それだけではない。玄関先で直接肌に触れられて、とんでもないことをされてしまった。そのあとだって、梢のベッドに引きずり込まれて、抱き枕にされてしまったのだ。強引な梢に流されて、疲れて眠りにつくまであちこち甘やかすように触られまくった。

初めてだろうから今日はちょっとだけなどと言い、顔や首や胸など、いろんな場所にキスまでされてしまった！

完全に意識がはっきりするにつれ、十和の全身が真っ赤に染まっていく。

心臓がばくばくと壊れたように高鳴って、まともに梢の顔を見られなかった。記憶を抹消したいくらいだ。

梢にとってはただのからかいまじりのセクハラでも、十和にとっては大事件だった。なにしろ、誰かとキスをして、そのうえ体を触られながらひと晩同じベッドで眠るなんて、ありえないことだ。

羞恥のあまり、脳みそが沸騰して破裂しそうになる。

どんな顔をして梢のほうを向けばいいのか、わからない。

「十和、どうかした？」

梢に呼びかけられ、十和はびくりとその場で飛び上がりそうになった。ベッドに横になったまま、梢がこちらを見上げている。

十和はいまだかつてない勢いで、脳みそを高速回転させる。

そうして導き出した結論は、――酔っていて忘れたふりをしよう、というものだった。

「ごめんなさい！」

「え？　なにが？」

あさっての方向を向いたまま突然謝罪をする十和に、梢がきょとんと訊き返す。

十和は喉がつっかえそうになるのを堪え、どうにかつづけた。

「おれ、夜中に寝ぼけてこっちの部屋に来ちゃったんだよね？　昨夜は飲みすぎちゃったみたいで、居酒屋から記憶がないっていうか、どうやって帰ってきたのかなー、なんて」

「記憶がない？」

目線を泳がせながら言う十和に、梢の声が硬くなる。

「そうなんだ！　起きたら梢ちゃんの部屋だし、もー、ほんとびっくりっていうか！」

「……どういうつもり？」

「どういうって、な、なにが？」

真顔で訊かれ、十和の頬が引きつってしまう。

もともと、嘘は苦手だ。我ながらわざとらしい気もするけれど、ここまできたら押し通すしかなかった。

それに、あんなことがありながら、素面《しらふ》で梢と向き合う勇気なんてない。梢とは、これからもこの部屋で暮らさなくてはならないのだ。

「なんのことだかわかんないけど、本当に、おれ、なんにも憶えてない、から……」

話せば話すほどどつぼにはまりそうで、十和はそれきり黙り込んだ。かたくなに目を合わせようとしない十和を、梢はどこか複雑そうな表情で見上げている。

スッと、梢が十和の頬へ手を伸ばす。

頬に触れる寸前、十和の体が反射的にびくりと震えた。怯えているわけではないが、昨日の今日なので、どうしても緊張してしまう。梢におかしく思われはしなかったかと、冷や汗がにじんだ。

数秒、ふたりの空気が重くなる。

張り詰めた沈黙を破ったのは、梢の地を這うような深いため息だった。先ほどまでの甘やかな雰囲気が一変し、梢は十和から一気に毛布を剝《は》ぎ取った。

その拍子にベッドから転げ落ち、十和は蛙《かえる》がひっくり返ったようなみっともない体勢で床に仰向《あおむ》けになってしまう。

「――いったぁ！」

ぺろんとめくれたシャツの裾を慌てて引っ張り、十和は下肢を隠した。すぐに床の上で体勢を立て直して、十和は梢に食ってかかる。

「なにするんだよ、いきなり！」

「起きたなら、退《ど》いてくれる？　邪魔だから」

梢は激しく不機嫌な声で告げ、十和から剝ぎ取った毛布を頭まで被って背を向けた。それきりぴくりとも動かず、口をひらく気配もない。

豹変《ひょうへん》してしまった梢に、十和はその場で呆然としてしまう。そっちから勝手にセクハラを仕掛けておきながら、突然不機嫌になって人をベッドから蹴落《けお》とすなんて、なんてヤツだ。

自分勝手な人だとは知っていたけれど、改めてその認識を強くする。

ベッドに連れ込んだのはそっちだろう、と言えない状況が恨めしい。

「二度寝して、寝坊しても知らないからね！」

十和はせめてもの捨《す》て台詞《ぜりふ》を残して梢の部屋を後にする。

二度寝した梢は、仕事の時間まで部屋から一度も出てこなかった。

5

マンションのベルが鳴る。

すでに夜中ともいえる時間だ。梢《こずえ》はまだ帰っていない。いぶかしく思いながらも十和《とわ》が玄関の扉を開けると、そこには泥酔した梢と、マネージャーの内田《うちだ》が立っていた。

「ごめんね、十和くん。こんな夜中に」

「いえ」

内田とは、一度だけ顔を合わせたことがある。四十手前の女性で、梢とは長い付き合いだという。十和のことは、弟のような存在でしばらく一緒に住むのだと、梢が紹介しているようだ。

梢はふらふらと十和の横を通りすぎ、廊下を進む。

「明日は早いんだから、ちゃんと酔い醒《さ》ましとくのよ！」

「……わかってるよー」

声をかける内田に手だけを軽く振り、梢はリビングへと消えてしまった。

撮影していたドラマがクランクアップとなったため、今日は打ち上げがあると聞いていた。先日とは逆で、今日は梢が酔っ払いだ。こうしてマネージャーに連れられて帰ってくることなど初めてだったので、すこし驚いた。

八月も半ばとなり、梢との共同生活にもようやく慣れてきた。

問題は、先日のセクハラの日から梢の機嫌がすこしもよくならないことだ。忘れたふりなどせず、「セクハラ魔とは一緒に暮らせない」と主張して実家に戻ればよかったのではと時間が経ってから気づいたが、後の祭りだった。あのときは突然のことにひどく動揺して、その場をやり過ごすことしか考えられなかったのだ。

あれ以来セクハラはされていないので様子を見ているが、もしもまた同じようなことがあれば、そのときこそドナドナされた仔羊《こひつじ》から脱却するチャンスかもしれない。

梢は家事が苦手なので、本当は家の手伝いくらいならばこのまま力になりたいと思っている。けれど頭ごなしに遊びに行くことを禁止され、このまま梢に振り回されつづける生活を思うと、さすがに不満のひとつも抱かずにはいられなかった。

ちらりと梢のいるリビングを振り返る十和に、内田が手を合わせた。

「十和くんに頼むのも申し訳ないんだけど……、明日、名久井《なくい》が寝坊しないように見てあげてもらえないかしら？　七時に迎えに来るから」

「いいですよ、わかりました」

十和がうなずくと、内田がほっとしたように笑った。よかったわ、と眼鏡《めがね》の奥で目を細める。

「名久井があんなに酔うなんてめずらしいから、ちょっと心配で」

「梢ちゃんって、お酒、強いんですか？」

「強いっていうか、自分の限度を超えた飲み方をしないって感じかしら。好青年俳優ってイメージの通り羽目《はめ》を外しすぎたりもしないし、ちゃんと自覚持って行動してくれてるから、私としては安心なんだけど」

「自覚を持って……？」

芸能人としての自覚を持つという梢だが、先日は変装もせず、居酒屋まで十和を迎えに来た。

内田の話す梢は、十和の知る傍若無人《ぼうじゃくぶじん》な梢とはずいぶん印象が異なる。仕事とプライベートはまったくべつということだろうか。

不思議に思いながら見返す十和に、内田がついでのように口をひらいた。

「でも、最近、ちょっと様子がおかしいのよね。落ち込んでるみたいっていうか」

そう言って、内田が苦笑を浮かべる。

「なにかあったんですか？」

「さあ？　仕事はちゃんとしてるから口出しはしてないの。でも、移動中や楽屋なんかでよくぼんやりしてるのよね。それに、名久井がこうして、他人と同居を始めてることもびっくりだし」

「梢ちゃんが家に人を呼ばないのは、たぶん、理由があるからで……」

「理由？」

「あ、はは」

きょとんとする内田に、十和は笑ってごまかした。あの汚部屋では、人など呼びたくとも呼べるはずがない。

よろしくねと残して立ち去る内田を見送って、十和はリビングに向かう。

ソファの上で仰向《あおむ》けになって眠っている梢の姿に、小さく肩を落とした。

「梢ちゃん、風邪《かぜ》ひいちゃうと大変だよ？　部屋で寝ないと、疲れも取れないし」

「んー……」

軽く体を揺さぶるが、梢が起きる気配はない。

酔った無防備な寝顔でさえ、妙に絵になる。長い睫《まつげ》やすっきりとした頤《おとがい》、それに薄く引き結ばれた唇《くちびる》に、ドキリとした。

あの唇が、自分の唇に触れたのだ。

あの日の感触が鮮明によみがえり、十和の体温がじわじわと上がっていった。あんなにすごいことを、ただからかうためだけにできるなんて。梢はまるで宇宙人だ。わがままでいじわるで、なにを考えているのかさっぱり理解できない。

しかし、「落ち込んでいるようだ」という内田の言葉が気にかかり、このまま放っておく気になれなかった。

最近、不機嫌なようだとは感じていたが、実は気落ちしていたのだろうか。

梢の様子がおかしくなったのは、十和がセクハラされた時期と重なっているけれど、もちろん、自分のせいで梢が落ち込むなんてそこまで恥知らずな勘違いはしない。仕事のことか、他になにかあるのだろう。

誰にも打ち明けられず、ひとり煩悶《はんもん》する梢を想像すると、なぜか十和まで気分が重くなった。わがままな梢に振り回されて辟易《へきえき》していたはずなのに、落ち込んで大人《おとな》しくなっている梢よりはずっといいと感じてしまう。

十和はこっそりと息を吐き、それから梢に笑いかけた。

「梢ちゃん。肩、貸すから、部屋に行こう?」

返事を待たず、十和は梢の腕を引く。十和が手を貸そうとすると、億劫《おっくう》そうにではあるけれど梢もすぐに上体を起こしてくれた。

数日ぶりに感じる梢の体温に、否応なく十和の鼓動が高鳴る。

意味もわからず震える指先に力を込めて、十和は梢の長身を支えて立ち上がった。リビングを出て、梢の部屋へと向かう。

部屋のドアノブに手をかけると、ぽつりと、梢が口をひらいた。

「十和」

「なに？」

「……バーカ」

「はっ⁉」

出し抜けに悪態をつく梢に、酔っ払いの戯言《ざれごと》とはわかっていてもカチンと来る。

落ち込んでいると思ったから優しくしたのに、心配して損してしまった。

「もーっ、文句言うなら、自分で立って歩いてよ。早く退《ど》いて」

「うるさい」

文句を封じるように、梢が負ぶさっていた腕を十和の首に回す。ぎゅっと首を圧迫され、たまらず十和は目をつむった。

「く、くるし」

「十和のくせに、ムカつくんだよ」

「ムカつくのは、梢ちゃんのほうだろ！」

泥酔しているせいか、絡み方がいつも以上に質《たち》が悪い。

それでもどうにかベッドまで連れていき、寝かしつける。梢はごろんと仰向けになると、そのままスッと目をつむった。もう寝てしまったのだろうか。

ひと仕事終えた気分で十和が部屋を出ようとすると、ふと背後から梢の声が聞こえた。

「……海で」

「海？」

独白するように呟《つぶや》く梢に、十和は思わず振り返る。

「あんな言い方して悪かったよ。腹が立って、嫌なこと言った」

海で、十和と梢が再会した日のことを言っているのだと気づいた。たしかに、あの日の梢はずいぶん態度が悪かった。嫌いなものから逃げつづけていればいいなんてひどいことも言われたけれど、なぜ今になってそんな話になるのだろう。

もしかして、ずっと気にしていたのだろうか。

「腹が立ったって、なんで？」

「ていうか、今もめちゃくちゃムカついてるけど」

立ち止まって問いかける十和に、梢はまたしても憎まれ口を叩《たた》く。

理由は不明だが、再会してからずっと、梢は十和に怒っているらしい。悪態をつかれてムッとするが、それ以上に胸が痛んだ。細い針で引っかかれたような、小さいけれど鋭い痛みだ。

そんな十和には気づかず、梢は目を閉じたままつづける。

「十和は、変わった。子供のときもそうだったけど、でも、もっとずっと、優しくなって、周りのために、自分ひとりで頑張ろうとして、だから……」

「……だから、なに？」

「だから、もっと早く、俺が……」

徐々に声が小さくなり、最後まで聞き取れない。

すべてを話し終える前に、寝入ってしまったらしい。梢がなにを伝えようとしたのか胸に引っかかるけれど、これ以上は聞き出せそうになかった。

しばらく梢の寝顔を見つめ、静かに扉を閉めた。

明日の朝、起こしたらつづきを話してくれるだろうか。

起こさないよう、足音を忍ばせてリビングに向かいながら、なんとなくそれはない気がした。


窓の外には、夏らしくない鈍色の空が広がっている。

梢のマンションのキッチンに、爽《さわ》やかなレモンの香りにまじって焦げた匂《にお》いが広がっていた。オーブンを覗《のぞ》き込み、十和はがっかりと肩を落とす。

「また、焦げた……」

ミトンをはめた手で、オーブンの中からできたてのケーキを取り出した。失敗作も、これでみっつめだ。お菓子づくりの難しさを、十和は実感していた。

梢の不在中に、十和はケーキの練習を始めていた。

いきなりお菓子づくりに目覚めたわけでも、パティシエの道を目指そうと進路変更したわけでもない。

ウィークエンドシトロンをつくるためだ。梢が十和にも焼いてほしいと言っていたことを、ひょんな拍子に思い出した。

和食中心に簡単な料理ならこなせるようになってきた十和なので、大丈夫ではないかと何度か挑戦しているが、お菓子づくりは難易度が高かった。中までしっかり焼こうとすると、どうしてなのかいつも外側が真っ黒になってしまう。

さじ加減が重要なのか、それとも焼き方の問題なのか。

レシピどおりに進めているはずなのに、ちっともうまくいかない。

梢が落ち込んでいると内田に聞いてから、なんとなく十和も気分が晴れなかった。だから、自分のためでもあるのだけれど、すこしでも梢が元気になってくれたらと、そう思い立ってケーキづくりを始めた。

それに、再会してからずっと、梢は十和に怒っているという。

理由を訊《き》きたいけれど、最近の梢は多忙で、家にも寝に帰るだけという日々がつづいていた。落ち着いて話せる雰囲気ではないし、不愉快な話をしてよけいに梢を疲れさせたくはない。

「おれ、梢ちゃんになにかしたのかな」

ケーキの焦げた部分をカリカリと削《そ》ぎながら、十和は独りごちる。

自分でも気づかないうちに梢を不快にさせてしまったから、十和だけにいじわるなのかもしれない。十和をからかい、困っている様子を見て楽しんでいるのも、その憂さ晴らしなのだろうか。

ずんと暗くなる思考を、十和は慌てて振りはらう。

梢の話も聞かずにひとりで落ち込んでもしかたない。原因をたしかめて、直せる部分なら気をつければいいし、そうでないのなら、そのときはそのときだ。

気分を入れ替え、アイスティを淹《い》れてケーキと並べた。

正直、同じケーキばかりでそろそろ飽きてきたが、ここまで練習しながらあきらめるのは十和としても悔しい。

今日はアイシングは塗らず、温かいままバターケーキだけで食べることにした。食べ方を変えることで、ちょっとでも味を変えようという涙ぐましい工夫だ。

失敗作なんて梢には出せないので、今のところ焼いたケーキはすべて梢がひとりで食べている。外側も剝《は》げて不格好ながら、自分で食べるだけならば問題はない。

それになんとなく、梢のために練習していることを知られるのは恥ずかしかった。お菓子づくりというと、女の子の趣味という印象も強い。梢に知られないうちに、こっそりとケーキを腹に収めるのが、最近の日課のようになっていた。

――梢ちゃんも食べたいって言ってたし、たまたまつくってみたら上手《じょうず》にできたから。そういうスタンスならば、十和がケーキをつくってもおかしく思われないだろう。

フォークを手に、十和が証拠隠滅に取りかかろうとしたとき、ふいに携帯が震えた。日和《ひな》からの着信だ。

「もしもし、日和？　どうしたの」

皿にフォークを置いて、そう尋ねる。

ほんのわずかな間を置いて、日和らしくない歯切れの悪い答が返ってきた。

『ちょっと、お願いがあって……』

いつもはっきりした日和が、言い淀《よど》むなんてめずらしいこともあるものだ。不思議に思いながら、十和は話のつづきを待つ。

『来週のコンクール、兄さんも来てくれるよね』

「もちろん」

来週の土曜日、横浜にあるコンサートホールで学生コンクールが開催される。

日和も出場する予定だ。秋からしばらく日本を離れるため、日和にとって区切りとなるコンクールでもある。

そうした事情もあり、もしかしたら心細く感じているのかもしれない。十和から見れば完璧な弟も、ときには不安になるようだ。

日和を元気づけるように、十和は明るく話しかける。

「そんなことが気になってたの？　心配しなくても、ちゃんと客席で応援してるから、日和なら大丈夫だって」

力強く告げるが、携帯はシンと静かなままだ。

いったい、どうしたのだろう。十和が口をひらくより早く、日和がやけに通る鮮明な声で言った。

『そのとき、梢ちゃんにも、一緒に来てもらえないかな』

日和の発言に、一瞬思考が停止する。

早鐘のように高鳴って落ち着かない心臓を感じながら、十和はゆっくりと尋ねた。

「……どうして、梢ちゃん？」

『僕、梢ちゃんのことが好きみたい』

「え？」

『こうして音楽をつづけられるのも、梢ちゃんのおかげだし。それに、子供のときから、ずっと好きだったから』

迷いのないまっすぐな日和の言葉に、胸を容赦なく貫かれたように感じた。ますます激しくなる鼓動を押さえるように、十和はぎゅっと胸を押さえた。

梢によく懐いていた、子供のころの日和を思い出す。

十和が梢を見つけると、その隣にはいつだって日和がいた。人見知りだった十和とは違う意味で、日和も他人にそうたやすく心をひらくタイプではなかった。そもそも周囲に関心を抱きにくい日和が、それでも梢とはよく一緒に過ごしていたのだ。

あのころから、日和も梢のことが好きだったのか。

だから、先日マンションを訪ねてきたときもどこか様子がおかしかったのだと理解した。

『もうすぐイタリアだし、そうしたらすぐには日本に戻ってこられないだろうから。だからその前に、梢ちゃんに会っておきたくて』

なぜだろう、日和の声が遠く聞こえる。

時間が経つほど、胸の痛みは激しさを増した。ギュッと喉《のど》の奥が激しく引きつり、唇が震える。

そんな自分の反応にも動揺しながら、十和はどうにか平静を装って答えた。

「わかった。……うん、ちゃんと、伝えとく」

十和は努めて明るい声で言う。

『大丈夫ならでいいよ。無理そうなら気にしないでって伝えておいて』

「そっか」

『急に、へんな電話して、ごめんね』

なぜかそんな謝罪をする日和に、十和はいたずらっぽい調子で答える。

「日和が謝ることなんて、なにもないだろ」

『……そうだね』

「そうだよ。ていうか、恋愛もいいけど、練習も頑張れよな！」

『うん』

通話を終えて、十和はぼんやり日和との会話を反芻《はんすう》した。

――僕、梢ちゃんのことが好きみたい。

子供のころを思えば充分ありえることなのに、考えもしなかった。本当は日和のほうが、このマンションで梢と暮らしたかったはずだ。片想いしている梢と兄が暮らしていることに悩み、傷ついてはいないだろうか。

それに梢だって、日和には優しい。無自覚に梢を怒らせてしまう自分への態度とは大違いだった。マンションのエントランスでの再会を、心から喜んでいたようだ。

コンクール会場で、日和が梢に会ったとしたら。

日和は、梢に好きだと告げるのだろうか。

梢が日和の気持ちを知ったら、どうするのだろうか。

そんなふたりを思うと、わけのわからない息苦しさにたまらなくなった。胸がずきずきと火傷《やけど》でもしたように疼《うず》いてしまう。

十和はふっと、テーブルの上のレモンケーキに目線を落とす。

焦げを剝いでぼろぼろになったスポンジが、みすぼらしく色褪《いろあ》せて見えた。フォークを突《つ》き刺してひと口食べると、バターの分量がおかしかったのかひどくぱさついていた。口中の水分を奪われて、喉が渇く。

きれいに落としたつもりが、焦げもまだ残っていた。

「にっがい……」

こんなものを焼いて、いったいなにになるんだろう。

ざっくりと切り分けたケーキを大口で頰張《ほおば》り、アイスティで流し込む。無感動に同じ動作を、皿が空っぽになるまで繰り返した。

ウィークエンドシトロン。

梢と日和が、恋人同士になったとしたら。週末を過ごす恋人たちは、焦げていない完璧なレモンケーキを、ふたりでつつくのかもしれない。

「ごめん、遅くなった」

抑えた声で言いながら、梢が十和の隣席に滑り込んでくる。

ちょうど休憩中で、コンサートホールの客席は明るく扉も解放されていた。辺りもすこしざわついている。顔がわかりづらいようにするためか、梢はだて眼鏡をかけていた。腰を下ろしてひと息つく梢に、十和も心なしか小さな声量で告げた。

「大丈夫、日和の演奏はまだだから」

「よかった」

梢がほっとしたように胸を撫《な》で下ろす。

ついに、八月下旬となり、コンクール当日を迎えていた。

開始から時間が経ち前半は終わってしまったが、日和の出番は後半だ。

十和は日和に頼まれた通り、梢を応援に誘った。日和が呼んでいることは、なんとなく伝えられないままだ。それでも、日和がコンクールに参加すると知った梢は、無理にスケジュールを調整して駆けつけてくれた。

無理をしなくていいと、一応、日和の言葉も伝えたけれど、留学前の大事なコンクールということもあり、梢は進んで応援に行きたいと言ってくれた。梢が日和の演奏を聴くのはずいぶん久しぶりなので、心待ちにしていたようだ。

最近、様子がおかしかった梢だが、今日は雰囲気がやわらかい。

日和に会えることが、よほど嬉《うれ》しいのだろう。

客席の照明が落ち、ライトに照らされたステージがふっと浮かび上がる。

後半最初の参加者が舞台に現れる。その背後には、オーケストラがフル編成で組まれていた。

学生向けではあるが、大手新聞社が主催するこのコンクールでは、ファイナリストたちはオーケストラの伴奏つきでソロを演奏することになる。参加者たちも制服ではなくしっかりドレスアップしているため、目にも華やかだ。

小学生から大学生までがそれぞれの部門に別れている。十和は小学生のころから何度も一位入賞を経験していた。

真っ赤なカクテルドレスに身を包んだ女の子の情熱的な演奏が終わり、入れ替わるように日和が舞台に現れる。

「日和が出てきた」

ひそ、と囁く梢の声が明るい。

黒のタキシードに身を包み、日和が背筋を伸ばして舞台の上を進んだ。大勢の観客にもプロのオーケストラにも物怖《ものお》じせず、二本の足で迷いなく立っている。

そんな日和をまっすぐに見つめる梢の横顔に、またしてもきつく胸が締めつけられた。梢が日和を応援することなど当たり前だ。わかっているのに、そんな梢を素直に受け入れることができなかった。

演奏が始まるが、顔を上げて日和を見ることもできない。

十和は、梢と日和との繋《つな》がりの深さを、子供のころから知っている。

昔から変わらない。宝探しのときだってそうだった。

――梢が十和だけを誘ってくれた、あの日のことだ。

せっかく誘ってくれたのに、緊張して「うん」と言えず、梢から逃げてしまった。そのことに、ひどく落ち込んでいたときのことだった。

いつもの十和ならば、そこで悄然《しょうぜん》と引き下がっただろう。しかし、このときだけは違った。梢との宝探しだけはどうしてもあきらめきれなかったのだ。

日和ではなく、自分だけに声をかけてくれたことが、どうしようもなく嬉しかった。

やっぱり宝探しをしたいと、自分から梢に声をかけよう！

十和は全身の勇気を振り絞って、そう決意した。特別な宝物を用意して、十和から梢を誘うのだ。

そう思い、十和は家の中を歩きまわり、隅々まで見て宝物を探しまわった。

特別な宝探しなのだから、宝物だって特別なものでなくてはいけない。買ってもらったばかりのゲーム機や、電車のおもちゃ、カードゲーム。大事なものはたくさんあるけれど、カプセルに入る大きさの宝物となるとなかなか見つからない。

そうして懸命に探しまわり、十和はついに本物の宝物を見つけた。

『きれい……！』

それは、祖母の遺《のこ》したヴァイオリンに張られた、弦だ。楽器に張られた四本の弦のうち、高音を奏でるE線。

もっとも細く甘やかな金色に輝く弦は、十和の目に美しく映った。

『これを宝物にしたら、梢ちゃん、びっくりするかな』

カプセルを開けて、中身を知った梢の驚く顔を想像してみる。

驚くだけではない。喜ぶに違いない。

一度そう閃《ひらめ》くと、いてもたってもいられなかった。

そのころの十和は、日和とともにヴァイオリンを習っていた。子供用の楽器とはいえ、自分で交換することもできたので、弦を外す作業自体は手慣れたものだ。フルサイズの大きさに苦闘しながらも、どうにか外すことはできた。

抜き取った弦をくるくるとまるめて、空のカプセルトイにしまう。

祖母の遺した楽器はあまりに貴重で、本当は、子供の十和が触れていいものではなかった。そのことはよくわかっていたし、普段ならば大人の言うことに逆らうことなど怖くてとてもできない。けれど、このときだけはべつだった。

宝探しが終わったら、こっそり元に戻せばいい。

ほんのすこしの間だけだから。

そう考え、十和は宝物を手に、屋敷のどこかにいる梢の姿を探した。大人に内緒で本物の宝物を手にしている間中、なんだかとんでもない冒険をしているような、未知のときめきにも胸をはずませていたことを憶《おぼ》えている。

結果を言えば、十和が梢と宝探しをすることはなかった。

祖母の楽器から弦が外されていることに祖父が気づき、家族や使用人を巻き込んでの大騒ぎに発展してしまったからだ。

しかも、祖父はその犯人を、日和だと勘違いしてしまった。

日和は幼いころからヴァイオリンに夢中で、特に祖母の遺した楽器が大好きだった。何時間でもみとれているようなところがあったので、祖父は日和の仕業《しわざ》に違いないと誤解してしまったのだ。

興奮して幼い孫に手を上げようとする祖父の前に立ちはだかったのが、梢だった。

『僕がやりました』

事情などなにも知らない梢が、日和を庇《かば》うため、そう言い出したのだ。下手《へた》をすれば、母親ごと望月家《もちづきけ》から叩き出されかねないほどの大変な事件だ。それでも梢は、最後まで自分がやったとひたすら祖父に頭を下げていた。

可愛《かわい》がっている小さな日和が打たれるところなど、見たくなかったのだろう。

祖父に怒られてわけもわからず泣きじゃくる日和を、梢は小百合《さゆり》や孝三《こうぞう》とともに優しく慰めていた。そんな姿を隠れて眺めながらも、本当の犯人は自分なのだと、十和はついに言い出すことができなかった。

取り返しのつかない恐ろしいことをしてしまったようで、体が震えて誰にも打ち明けられなかったのだ。それになにより、梢に自分が犯人なのだと話して、軽蔑されることが怖かった。

日和に罪をなすりつけて黙っていたことを知れば、きっと梢は十和を嫌いになる。

そんな恐怖から、十和は梢にさえ、本当のことを打ち明けることができなかった。もちろん、宝探しをしようなんて、もう言い出す勇気はない。

あのときのことは、今思い出しても胸が潰れそうに苦しくなる。

梢の目は、いつだって日和を見ていた。

それは今も、変わらないのかもしれない。

――わっと拍手が沸き起こり、ハッと現実に引き戻される。

いつの間にか、日和の演奏が終わっていた。考えに夢中になっていて、まったく聴いていなかった。

梢が十和だけに聞こえるよう、興奮気味ながらも小声で告げる。

「すごかったね、日和！　さっきの子の一万倍はうまいんじゃない？」

「……あ、う、うん」

まさか気がついたら終わっていたなんて言えるはずもなく、十和は慌てて拍手をしながらうなずいた。

日和が舞台に立っている。コンクールなのだ。その大切な場で、自分はいったいなにをしているのだろうか。梢の目が日和を見ていることが辛《つら》くて、応援すら忘れてしまうなんて。

宝探しでの思い出にくわえ、自己嫌悪が大きくなる。

「なんか、すごすぎて、日常生活を送ってる姿が想像つかないっていうか。恋人つくってデートしたりとかって、あるのかな」

かすかに目を細める梢に、十和はどきりとした。

なにげないひと言なのか、それとも、他意があるのか。

「……よくわかんないけど、すごくモテるみたいだよ」

「だろうね」

いたずらっぽく言って、梢は前に向き直る。ふたたび、壇上の日和に賞賛の眼差《まなざ》しを向けていた。

「日和に惚《ほ》れた人は可哀想《かわいそう》だな」

「え」

「どんな人間でも、音楽には勝てないだろうし」

そう告げる梢の横顔に、心臓がばくばくと脈打ちはじめる。

日和に惚れた人が可哀想だなんて、いったい、どういう意味だろう。恋をしても、日和の中で音楽には勝てないから報われないと、そういうことだろうか。

訊きたいけれど、怖くて口にできない。

あふれるような拍手の中、自信に満ちた表情で立っている日和を、十和はなぜだか泣きたい気分で見つめた。

日和の手には、あのヴァイオリンが収まっている。

そういえば、十和が外したヴァイオリンの弦は、いったいどこに行ってしまったのだろうか。あのときの騒動で行方《ゆくえ》がわからなくなり、その後懸命に探したけれど、結局見つけることはできなかった。

今もカプセルの中、望月家のどこかでひっそりとまるまっているのだろう。

十和は重い気分を振りはらうよう、舞台上の弟にひときわ大きな拍手を送った。


コンクール終了後、日和がタキシード姿のままホールの廊下に現れる。

十和たちのいる辺りは出入り口の近くということもあり、コンクール会場を出る客でざわついていた。――コンクールの優勝者の日和に、辺りを行き交う人々の視線が控えめにだがよせられる。

無数の視線にも飄然《ひょうぜん》とした弟に、梢が眼鏡の奥で目をきらきらと輝かせる。

「おめでとう、日和！」

「ありがとう」

日和もにこりと笑い返す。

「本当に来てくれたんだね」

「当たり前だろ？　なんかもう聞き惚れて、しばらく動けなかったよ」

「よかった。梢ちゃんに言ってもらえると、すごく嬉しい」

はにかむように答える日和の様子に、ずきりと胸が苦しくなった。

嬉しそうに見つめ合うふたりの周囲に見えない壁を感じる。これまでの事情を知っている十和だからそう思うのかもしれないが、梢と日和の並んだ姿はやはり完璧で、お似合いだった。

人気絶頂の若手俳優に、留学前に有終の美を飾った弟。

そこに平凡な十和の入り込む隙《すき》はない。どうしてこれまで平気でいられたのか、不思議になるほどだ。

「ちょっと、ごめん」

なぜかそんなふたりを見ていられなくて、十和は逃げるようにその場を離れた。

優勝した日和に祝いの言葉のひとつもかけていないというのに、苦しくて我慢できない。

日和がなにか言おうとしていることに気づくが、十和は立ち止まることもしなかった。エントランスまで一気に進み、大きくひらかれた扉の前でようやく速度をゆるめる。

「十和！」

背後から名前を呼ばれ、十和は振り返った。

いぶかしげな顔をした梢が立っている。十和があの場を離れてすぐに、追いかけてきてくれたようだ。

「日和は、いいの？」

「楽屋に戻るって。これから先生のとこに顔を出すって言ってたし、受賞者パーティもあるみたいで忙しそうだったから」

「そっか」

「いきなり十和がいなくなったから、驚いてたよ」

「……なんか、人の多さに酔ったみたいで」

「気分、悪いの？」

「ううん、もう平気。心配かけて、ごめん」

もう大丈夫、と十和は笑って答える。

ふたりでエントランスを抜け、車で来ているという梢とともに駐車場に向かった。外はまだ明るいが、西の空からうっすらと橙色に染まろうとしている。遠く蜩《ひぐらし》の声を聞きながら、梢の三歩ぶん後ろを歩いた。

すらりと引き締まった長身に、意味もわからず胸が苦しくなる。じわりと込み上げそうになるなにかを、十和は苦みとともにのみ込んだ。

どうして、こんなに辛いのだろう。

胸が千切れそうに痛む理由が、自分のことなのにわからない。

きっかけはわかる。日和が梢を好きだと打ち明けてくれたからだ。だからといって、十和がここまで落ち込むことなどないはずだ。十和の梢への気持ちは、海で再会したときに終わったのだ。だから、もしも将来、梢と日和が恋人になる日が来たとしても、十和には関係ないはずだ。

それなのに胸の奥がもやもやして、真っ黒く塗りつぶされてしまいそうに、苦しい。

「梢ちゃん」

考えるよりも早く、十和は梢の名前を呼んでいた。

こちらを振り返る梢と、ふっと目線が交わる。思わず呼び止めてしまったことに動揺して立ち止まるが、ここで黙っているわけにもいかない。

こわばる指先をぎゅっとまるめ、十和はゆっくりと口をひらいた。

「あのさ、もし」

「もし、なに？」

「もしもの話、なんだけど……」

あまりの緊張に、心臓が凍りつきそうになる。

――もし、日和が梢ちゃんのことを好きだって言ったら、どうする？

そうつづけるはずの言葉が、どうしてなのか十和の口から出てこなかった。

「十和？」

質問の途中で言い淀む十和に、梢がかすかに眉《まゆ》をひそめる。

言うはずだった問いを言葉にしようとするけれど、やはり喉が詰まったようになって声にならない。一度つっかえて勢いを失うと、たった今自分が、梢に日和のことを訊こうとしていたなんて信じられなくなった。

梢が、その問いにイエスと答えたら。

そう考えると、地面が崩れ落ちたような錯覚を覚える。底のない穴に突き落とされるみたいだ。怖くて、とてもたしかめることなんてできない。

十和は強くこぶしを握り、それからできるだけ自然に笑ってみせた。

「ううん、なんでもない！」

「なんだよ、それ」

「なに訊こうとしたか、忘れたから」

笑顔でごまかし、十和は「早く行こう」とふたたび歩きはじめる。

速い足取りで横を通り抜けようとする十和の腕を、梢が摑《つか》んで止めた。納得がいかないとでも言いたげな顔でこちらを見る梢に、十和は反射的に息をのむ。

「……梢ちゃん？」

「十和さ、なにかあったんじゃないの？」

「え？」

「今日――っていうか、ここ最近、元気ないよね」

「なんで？　そんなことないよ」

梢の質問に、心臓が大きくはねた。

日和の気持ちを知って、数日ぐるぐるしてはいたけれど、梢に気づかれていたとは思わなかった。仕事が多忙だったはずなのに、気にしてくれていたのだろうか。

十和は変わらず笑みを浮かべ、できるだけ明るい調子で告げた。

「それに、元気がないっていうなら、梢ちゃんのほうだろ？　前とは、ちょっと違うっていうか、機嫌が悪いのかもしれないけど」

「それは」

「仕事で、なにか嫌なことでもあったの？」

「……仕事？」

梢がかたちのいい切れ長の目を大きくする。

ぎゅ、と眉間《みけん》に皺《しわ》をよせ、信じられないとでも言いたげに硬い口調で言った。

「違うだろ？　それは、仕事じゃなくて――」

見たこともないような梢の切羽詰まった表情に、十和の肩がびくりと震える。

梢はハッとして、すぐに口をつぐんだ。どこか苦しげに真っ黒な瞳を揺らすが、梢はすぐに十和から顔を背ける。その顔にははっきりと、困惑と苛立《いらだ》ちがにじんでいた。

「……梢ちゃん、あの」

うろたえながら、どうにかそう声をかけるが、梢は答えない。

見つめ合ったまま、互いに黙り込む。

周囲から隔絶されたみたいに、十和たちの周りだけがひどく張り詰めていた。沈黙が硬い。息を吐くだけでも体が縮みそうに緊張する。

ふたりの険悪な雰囲気に気づいたのか、周囲の視線が集まりはじめる。

駐車場の真ん中で言い合ったせいで、へんに気を引いてしまったようだ。十和たちはハッとして、同時に目を逸《そ》らした。梢は眼鏡もかけて目立たないようにしているけれど、注目されるのは避けたい。

梢はかしかしと頭をかいた。

「行こう」

ため息まじりにそれだけを言い、梢が歩きはじめる。

投げやりな梢の声に、またしても気持ちが暗くなった。すぐ隣を歩いているのに、梢との距離を遠く感じてしまう。十和のひと言、梢のひと言が、ほんのすこしずつずれているような気がした。

ひとつのずれは小さなものでも、積み重なれば取り返しがつかないほどの大きさになる。これほどの痛みを抱えて梢のそばにいつづけるなんて、とても無理だ。それに日和だって、十和が梢のそばにいることに胸を痛めているかもしれない。

すぐ隣を歩く梢もそうだ。梢はずっと、十和に苛立ちを覚えていると言っていたのだから。

このまま一緒に暮らしても、誰ひとり幸せになれない。

——梢ちゃんから離れよう。

ひりひりと痛む胸の中で、十和はそう呟いた。

梢の運転でマンションに戻りついたころには、すっかり日が暮れていた。

無言のまま、エレベーターで梢の暮らす高層階に上り、部屋に入る。夕食の買い物などがまだだけれど、十和から切り出せる空気ではなかった。梢といてこれほど気まずくなるなんて、怒ってキスをされた日ですらなかったことだ。

リビングに入り、梢がどこか乱暴な手つきで眼鏡を外す。そのまま投げ捨てられた眼鏡を、十和が手を伸ばして受け止めた。

すぐ隣に立つ梢の横顔が、ひどく冷たい。

ギュッと喉の奥が引きつり、重い雰囲気に怖じ気づく。すぐにでも自分の部屋に逃げたくなるが、十和はぐっと堪《こら》えた。

梢のそばを離れると決めた以上、告げるのは早いほうがいい。

今伝えなければ、ずるずると先延ばしにしてしまいそうな気がする。

十和は心を落ち着けるためこっそりと息を吐き、極力明るい声で梢に話しかけた。

「梢ちゃん」

「なに」

「ちょっと、話したいことがあるんだ」

そう話をつづけるが、梢はこちらに目線すら向けない。

手にした梢の眼鏡を胸の辺りでギュッと抱きしめ、十和はしっかりした口調で言った。

「この家でハウスキーパーをするの、もう、終わりにしたい」

「……終わり？」

パッと、梢が十和を見下ろす。

十和がそんなことを言い出すなんて予想外だったのか、虚を衝《つ》かれたように目をまるくしていた。呆然《ぼうぜん》とする梢に、十和はなんでもないことのようにつづける。

「もうすぐ、最初約束してた夏休みも終わるし。学校が始まったらバイトをして、ちょっとずつでもお金を返していきたいなって思ってるんだ」

笑って言う十和に、梢はなにも答えない。

そんな梢にひどく焦る。場が静まることが怖くて、十和は饒舌《じょうぜつ》になった。舌が空まわり、中身のない言葉が次々に口から飛び出る。

「ほら、父さんたちに任せてたら頼りないっていうか、返すのがいつになるかわかんないだろ？　――あ、もちろん、次の人が見つかるまではつづけるよ？　大学を辞めるなんてことも、もう言わないし」

喋《しゃべ》れば喋るほど、心がすうすうと乾いていった。

それでも沈黙を避けるよう話しつづける十和に、梢がようやく口をひらいた。

「十和は、この家を出て行きたいの？」

「出て行きたいって、いうか」

核心をついた梢のひと言に、胸が引き裂かれそうに感じる。

あれこれと積み重ねた十和の言い訳が、捨てられた糸切れのように意味をなさなくなった。

逃げやごまかしなんて、今の梢の前では通用しないのだと知った。

梢はさらに、十和に問う。

「俺と一緒には、いたくない？」

これまで見たことがないほど、梢の顔は真剣だ。

冷え切った、冴《さ》え冴《ざ》えとした目で十和を見ていた。ドラマや映画での演技とは違う、痛ましいほどに張り詰めた梢自身の眼差しだった。

——違うよ。

そう返そうとして、十和はすぐに口をつぐむ。

梢の言葉が真剣であることを知りながら、それでも嘘《うそ》をつくことは、これまで一緒に暮らした彼への裏切りであるような気がした。機嫌屋でいじわるで、立派なマンションを汚部屋に変えてしまうほどだらしない人だけれど、十和は梢のことがどうしても嫌いにはなれないのだ。梢に嘘をつきたくない。

梢の言う通りだった。

十和はこの家を出て行きたいし、これ以上一緒にいたくないとも思っている。

こんなに苦しい気持ちを抱えて、梢のそばにいるなんて、とても耐えられないからだ。

「ごめん……」

十和は小さく、梢の問いに首肯する。

たまらず、十和の顔が情けなく歪《ゆが》む。とても笑顔で取り繕うことなんてできなかった。胸が焼けつきそうに熱くて苦しいけれど、梢から目を逸らすこともできない。

「……梢ちゃんのそばにいるの、ほんとは、辛い」

十和の本心に、梢の表情が凍るようにこわばった。

それが怒りなのか、それともべつの感情なのか、十和には読み取れない。言葉をなくした十和を射貫《いぬ》くように見つめたまま、梢がふっと口元だけで笑った。

ひどく剣呑《けんのん》とした昏《くら》い笑みに、十和は大きく目を見ひらく。

「なんか、バカらしくなってきた」

「え……」

思わず訊き返すと、強く梢に腕を摑まれた。

そのまま梢の寝室まで連れていかれ、体を突き飛ばされる。身構える間もなく背中から転《ころ》ぶが、背後のベッドに倒れ込み、思ったような衝撃はなかった。手にしていた梢の眼鏡が弾《はじ》け飛び、乾いた音を立てて床に落ちる。

安堵《あんど》する余裕など与えられず、仰向けになった十和の上に梢が馬乗りになってきた。大きく引き締まった体にのしかかられ、身動きが取れなくなる。

「退いて、やめてよ!」

「やめるわけないだろ?」

醒めきった笑みを浮かべて、梢が十和の頬をてのひらで包み込む。

そのまま噛《か》みつくように唇を重ねられ、十和は大きく目を見ひらいた。

「ん、っう、ふ――……！」

十和は必死に押し返そうともがくが、梢の体はビクともしない。十和の抵抗などものともせず、梢は強引に十和の口内に舌を押し入れてきた。

唐突に激しく舌を吸われ、びくりと腰が震える。

「っふ、ん、や、やめ……っ」

懸命に顔を捩《よじ》り、梢のキスから逃れる。

梢が不機嫌なことはわかっていた。だからといって、どうして話の途中でこんなことになるのか理解できない。

――バカらしくなってきた。そう梢は話していたけれど、その言葉の意味も、そう考えるに至った理由も、なにもわからない。

ただ、この前のように場の雰囲気に流されてはいけないと、それだけはわかっていた。わけもわからず快感に流されて、話し合いをうやむやにするわけにはいかない。なにより、梢と日和の心の繋がりを知りながら、キスをされるなんて耐えられない。

以前と違って激しく抗《あらが》う十和に、梢が冷たく言い放った。

「なんで嫌がるの？　この前は何回もキスしたのに。今さらだろ」

「そ、んなの、憶えてない」

「嘘ばっかり」

強い口調で告げられ、ぎくりと十和の胸が軋《きし》む。

あの朝、十和が嘘をついていると、最初から気づいていたのだろうか。上手にごまかせた自信はなかったけれど、あれから一度も話題にされなかったので、もう終わったことだと思っていた。

それを今になって持ち出され、たまらず顔が熱くなる。

「十和は嘘が下手だよね。この前は酔って忘れたなんて嘘くさい言葉でごまかしてたけど、あの日、俺になにをされたのか、本当はぜんぶ憶えてるんだろ？」

「し、知らない」

「まだ、下手な演技をつづけるんだ」

嘲《あざけ》るように笑い、梢は十和の下肢《かし》を衣服の上から撫で上げた。

「っや……」

「ここ、たくさん触られて気持ちよくされたの、憶えてない？　気持ちいいってあんあん言ってたのに。俺のベッドで寝てる十和にも、あちこちにキスしたんだよ。ここも、舐《な》めてあげたの、もう忘れた？」

下肢に触れていた梢の手が、今度は胸の突起を摘《つま》む。

シャツ越しにぎゅっと強い力で捏《こ》ねられ、十和の目に涙がにじんだ。

「ひっ、や、やだ……！」

十和のシャツを大きくめくり上げ、直に梢の手で刺激される。

両方の乳首をくすぐるように指先で擦《こす》られて、ゾクゾクと寒気に似た快感が沸き起こった。

薄く小さな突起が、梢に触れられるほどぷくりと赤みを帯びて育っていく。

弄《いじ》られるほど敏感になり、どうしようもなく息が上がってしまう。

「…んっ、う、や」

指で丁寧に十和の快感を高めながら、もう一方の胸をその口に含まれた。

ちゅっと温かくやわらかな舌で吸われると、全身が一気に総毛立った。平らな胸の真ん中で、乳首だけが熟れた果実のようにいやらしく色づいていく。

濡《ぬ》れた粘膜でちゅくちゅくと捏ね回され、十和の下肢もしだいに熱を帯びていった。全身の性感帯、すべてが直結しているみたいだ。乳首で快感を得るごとに、十和の性器が狭い衣服の中で兆していくのを感じる。

ぎり、と痛いくらいに歯を立てられるが、それさえも快感に変わってたまらない。

「ひゃっ、あ、あ……！」

絶え間ない快感から逃れようと、十和は体を捩らせる。

そうして抗ったところで、敏感な場所は梢に支配されていた。左右一緒に刺激されては、体から力が抜けていく。

今日は流されるわけにはいかないと、わかっているのに。

梢の愛撫が巧みすぎるのだ。快感で責められると、あまりの気持ちよさに思考がぐずぐずに溶けてしまいそうになる。

「や、だ、だめ、…もう、だめだって、ば」

「もう演技はいいよ。感じてるってバレバレだから」

「あ、や、…演技じゃ、な……」

「それに、こういうことは俺としかしないって、そう約束してくれただろ？」

「も、知らないってば、あっ」

「――約束しただろ、十和」

怒りをはらんだ声で告げられ、ぎくりと全身が凍りついた。

肌《はだ》を刺すような冷たい怒りに、十和の体の熱が冷めていく。梢は本気で、十和に憤っているのだ。

嘘をつかれたから？

それとも、十和が一方的にハウスキーパーを辞めたいなんて言い出したから？

わからない。

「昔から、十和はそうだった」

「……え」

「十年経ってすこしは変わったと思ったけど、やっぱり一緒だ。そういうところ、本当に苛々する」

吐きすてるように言う梢に、十和は耳を疑った。

「梢ちゃん、昔から、おれに苛々してたの？」

「知らなかった？」

「だって、昔の梢ちゃんは、おれにも優しかった」

「いくら苛つくからって、小学生相手に大人げない態度なんて取らないよ」

「じゃあ、ほんとに……？」

縋《すが》るように見上げる十和から、梢はふっと目を逸らす。

否定の言葉をくれない梢に、十和の目の前が真っ暗になった。

——昔も今も、梢に嫌われていたなんて。

信じられないし、信じたくない。

しかし、考えてみれば当然のことだ。顔を合わせるなり泣いて逃げてばかりだった十和を、梢が可愛く思えるはずもない。好きだから恥ずかしかっただけだなんて、梢は知らないし、知ったところで意味もない。

そんなことにも気づかず、テレビに映る梢をずっと想いつづけていた。

本当に、なんて愚かだったのだろう。

「十和……」

呆然とする十和の頬に、梢が手を伸ばしかける。ふっと顔をしかめ、宙でこぶしを握りしめた。

そのまま梢は手をゆっくりと引く。

十和の頬に触れる代わりに、その手は下半身へと下りていった。下着ごと器用にズボンを取りはらわれ、羞恥に耳まで熱くなる。

「い、嫌だ、な、なんで……！」

「黙ってて、十和。この前よりずっと気持ちよくしてあげるから」

「そんなの、いらないっ」

「でも、このままじゃ辛いんじゃない？」

「──あっ」

硬くなりかけた性器を軽く擦られ、たまらず背中が仰け反《のぞ》った。もっとも敏感な場所を擦り上げられ、全身から力が抜けていく。

「それに、こういうことは、十和も好きだよね？」

「ひ、どい、そんな言い方……っ」

好き者のように言われて悲しいのに、耳元で囁かれてぞくりと肌が粟立《あわだ》つ。

脱力した体で震える十和をくすりと笑い、梢はその手を性器から離した。え、と思うのと同時に、その手がさらに下へと伸びていく。

足を大きく広げられ、後孔にひたりと指先をあてがわれた。

「ひゃ、あ、なに……」

そのまま、梢の長い指が十和の中へと滑り込んでくる。硬く閉ざされた隘路《あいろ》を割かれ、たまらず息が詰まった。

「…ん、ふ」

十和が体を硬くするのにも構わず、梢は丁寧に中を広げていく。

内側で感じる異物感に、首筋がひやりと冷たくなった。ごつごつと中で蠢《うごめ》く感触に目眩《めまい》がする。十和の反応をたしかめながら進めているのか、痛みはない。ただ、慣れない感覚に呼吸が浅くなる。

清潔とはいえない場所だ。そんなところを、梢の長くきれいな指が往き来しているなんて、信じられない。

「こ、こず…ちゃ、ゆ、び、抜いて…んっ」

十和は震える声で懇願するが、梢が聞き入れてくれる様子はなかった。

じわりと浮かぶ涙で、自分を組み伏せる梢の顔さえぼやけてしまう。丁寧に繰り返される抽挿に、体の内側から熱くなる。そのせいかすこしずつ違和感も薄れてきた。

梢の指が、なにかを探るように媚肉《びにく》を這《は》う。

ある一箇所を引っかかれ、全身に電流が走ったように激しく震えた。

「——ひっ、う、ん」

束《つか》の間《ま》、意識が飛びそうになる。自分の体になにが起きたのかわからず、十和は肩で息をしながら愕然《がくぜん》としていた。

梢は十和の反応を見逃さず、そこばかりを責めはじめる。立てつづけに責められ、十和の両足がビクビクと激しく痙攣《けいれん》した。強すぎる快感に、満足に息もできない。

「あっ、や、やめ……っあ!」

嵐のような快楽に、自分の体すら制御できなくなる。みっともなく喘《あえ》ぎながら、十和は梢の肩に手を伸ばす。なにかに摑まっていないと、体ごと振り落とされてしまいそうだった。ときおり思考が快感にのまれて、自分がどこにいてなにをしているのかさえ、不明瞭になってしまう。

「あ、あ、やっ」

指を増やされ、ぐずぐずになるまでかき回される。

ひっきりなしに嬌声《きょうせい》が漏れ、唇からは唾液《だえき》までこぼれる。触れられてもいないというのに、十和の性器はすっかり硬くなり、先走りをあふれさせていた。とろとろと茎を伝い、双果や茂み、後孔まで濡らしている。

自分の体内に、これほど強い快楽を生み出す器官が存在しているなんて知らなかった。

こんな姿、誰にも見せたくないのに、はしたなく泣き喘ぐ自分を隠すことができない。梢の指をもっと奥へと誘うように、無意識に腰が動いてしまう。

「な、んで、…嫌いな、おれ、に、こんな…っ」

快楽の波に翻弄されながら、十和は切れ切れに訴える。

男同士でこの場所を刺激する意味は、経験のない十和にだってわかる。この場所で繋がるからだ。

だとしたら梢は、自分を抱く気なのだろうか。

嫌いだと言いながら、どうして。

「可愛いから」

ふ、と息を吐くように笑い、梢が答える。

当然のように、愛撫の手は休めない。十和の反応をたしかめるように、欲望に濡れた目でこちらを見下ろしていた。

敏感なふくらみをひときわ強く擦られ、十和が激しくその場で仰け反った。

「やっ、あ、――はっ、あ、だ、だめ」

あまりの刺激に、一気に十和の性器が張り詰める。限界は呆気《あっけ》なく訪れ、十和は白い欲望を放った。十和と梢、ふたりの衣服が汚れてしまうが、気にする余裕もない。

後孔で達した強い開放感と妙なだるさに、十和は大きく胸を上下させた。

ぼんやりと息を荒らげる十和に、梢がわずかに眉をよせて言う。

「可愛いのは、顔だけだけどね。中身は可愛げないし」

「か、お…？」

「……ほんとに、なんで、十和なんだろ」

思わずというふうにこぼした梢のひと言を、十和は快楽の波の合間に聞く。

梢の言葉を、悦《よろこ》びにとろけきった頭で反芻する。顔だけは可愛いと言いながら、どうして十和なのかという、その言葉の意味はなんだろう。今、こうしているのが、十和でなければよかったと、そういう意味なのだろうか。

かちりと、隙間だらけだったパズルのピースが揃《そろ》ってしまった。

これまでの梢の言葉を思い出せば、なぜ気づかずにいたのかと空虚な笑みが漏れそうなほどだ。顔だけなら双子《ふたご》みたいだと言い、日和に惚れた人は可哀想だと言った。そして今、梢は十和を抱こうとして、なぜ十和なのだろうとたしかに呟いた。

それはつまり、梢が日和のことを好きだからだ。

つい数時間前にも、思い当たることはあった。コンサートホールで壇上の日和を見つめていた梢の眼差しだ。あれは賞賛の眼差しではなく、本当は叶《かな》わない恋に胸を焦がす男の目だったのだ。

どうして梢が自分に触れるのか、十和は不思議に思っていた。からかわれているのだろうと納得していたが、愚かな勘違いだ。からかいでも梢が十和自身を見てくれているなんて、思い上がりでしかなかった。

――梢にとっての十和は、日和の身代わりなのだ。

そう理解した瞬間、胸が張り裂けそうに痛んだ。快感で高められて熱くなった体とは対象的に、心が急激に冷たく乾いていく。

音楽に夢中な日和が、自分を好きになることはない。梢はそう誤解して、代わりに身近な十和を抱こうとしているのだろう。梢は馬鹿だ。大馬鹿だ。わざわざ代わりに十和に手を出さなくても、日和の心は梢のものなのに。

「……っ」

ぐっと苦い感情が迫《せ》り上がり、十和の目からぼろぼろとこぼれ落ちた。きつく喉が引きつり、息が苦しくなる。

知りたくなかった。気づきたくなかった。

いっそこのまま気を失って忘れることができたなら、どれほど救われるだろう。

「十和……」

ふいに、梢が十和の名前を呼ぶ。

梢のほうが苦しそうに、端整な顔を歪めていた。突然激しく泣き出した十和に戸惑っているのか、そのまま口ごもってしまう。

十和はしゃくり上げながら、とつとつと梢に訴えた。

「梢ちゃん、やだ、こんなの、嫌だ……」

日和の代わりに抱かれるなんて、とても耐えられない。

それは十和が、今も梢のことを好きだからだ。

ここまで追い詰められなければ自分の気持ちにすら気づけないなんて、悲しいのと同じだけ滑稽だった。梢と日和のことを思うたび、辛くて胸がバラバラに千切れそうだった。それは十和が、梢に恋をしていたからだ。

再会するなり冷たい言葉で責められ、嫌われていることも知りながら、それでもまだ好きだったなんて。

梢がぽつりと、硬い声で言った。

「泣くほど、嫌？」

「……え？」

「そんなに、俺には触られたくない？」

梢の長い睫が、頼りなく揺れる。

十和は小さくかぶりを振り、すん、と洟《はな》を啜《すす》った。梢に触られたくないなんて、そんなはずがない。今だって、梢の肌と触れ合っている場所が痺《しび》れて溶けてしまいそうなほど心地いい。

違うから、と十和は掠《かす》れた声で言った。

「…だって、違う、から、……お、おれ、は」

――おれは日和じゃないから。

――ふたりは、本当は両想いだから。

そうつづけるはずの言葉は、どうしても声にならなかった。止まらない涙に頬を濡らしていると、梢が苦しそうに呟いた。

「……ごめん」

「え？」

「十和が泣くのも、当然だよな。……カッとしてたとはいえ、ひどいことした」

ぐっと、梢が声を詰まらせる。

「好きで、堪えきれなかった」

「好き……？」

「そうだよ。再会できてすごく嬉しかった。いつでも一生懸命なところとか、ちょっとした仕草とか立ち姿とか、どうしようもなく惹かれたよ」

一瞬、自分への告白なのかと錯覚しそうになるが、そんなはずがない。梢が、その胸に秘めていた日和への気持ちを、吐露しているのだ。いつも一生懸命で、夢に向かって進んでいる日和に、恋をしているのだと。

梢が振り向くことなどありえない。

そうわかっていながら、心の底で期待してしまう自分が惨めで、やっぱり辛かった。

「そんなに、好きなんだ……？」

「好きだよ。可能性なんかないって、さすがにわかってた。でも、……どうしても、あきらめられなくて」

それは違う。本当は、日和も梢のことが好きなのだ。

十和がそう口にする前に、梢がつづけた。

「だから、これで最後にするから、抱かせてほしい」

「え……」

「十和が嫌なら、やめる。……でも、一度だけでいい。そうしたら、ちゃんとあきらめられるから」

必死な梢の懇願に、十和の心がぐらりと揺れる。

日和をあきらめるために、顔だけ似ている十和を抱きたいなんて、あまりに身勝手な言い分だ。それに梢の日和への気持ちを切々と聞かされ、十和の心はぼろぼろに擦り切れて傷心していた。

それでも、十和は梢を嫌いになれない。

一度だけでいいという梢の気持ちが、痛いくらいにわかるからだ。

本当は日和と心が通じ合っているのだと梢に教えれば、すべてが終わる。梢が無意味に苦しむこともなく、日和も心置きなくイタリアに発《た》てる。

それが最善で唯一の道だとわかっているのに、言葉が鉛のように重く胸底に沈殿し、伝えることができなかった。

今を逃したら、梢は二度と自分に触れてくれないかもしれない。梢はもう、十和を見てくれない。

そう、わかっているからだ。

「……わか、った」

十和は震える唇をひらき、こくりとうなずいた。

「いいよ、梢ちゃん」

「十和……」

「……梢ちゃんの、好きにして」

「ごめん」

小さくかぶりを振る十和に、梢が苦しげな笑みを浮かべる。

十和はおずおずと、梢の首に手を回した。そんな十和に応えるように、梢が口づけをくれる。最初は重ねるだけの優しいキスが、徐々に深くなっていった。

十和はどうしても止められなかった。

「ん……」

卑怯なことをしている。

浅ましいことだとわかっている。

それでもせめて今だけ、梢に恋人のように扱ってほしい。そう願ってしまう自分を、十和はどうしても止められなかった。

偽りの愛でも、心から好きな人に求められて、断ることなんてできない。

梢は二度も「ごめん」と十和に謝ったけれど、本当に謝らなければならないのは十和のほうだ。だから、梢に好きだなんて絶対に言わない。せめて自分の気持ちを隠しとおすことが、十和にできる唯一の贖罪《しょくざい》だった。

あふれそうになる愛情を、ぐっとのみ込む。

この恋は、絶対に言葉にはしてはいけない。

丁寧にひろげた十和の後孔に、梢が自身の猛《たけ》った雄を押し当てた。

「…っん、う」

梢がゆっくりと、十和の中を欲望で満たしていく。指とは比較にならない充溢感《じゅういつかん》が苦しいはずなのに、十和の後孔はひくひくと梢を締めつけていた。

時間をかけて十和の中に入り、梢は切なげな息を吐いた。

「……きつい?」

「へ、…いき」

ごめん、と梢が吐息まじりにもう一度繰り返す。

「ありがと、十和、……ごめん」

こうして繋がるだけで精一杯で、気持ちいいのかどうかもよくわからない。こんなに胸がいっぱいで、本当に平気といえるのかも判断できない。

わかるのはただ、苦い幸福感にまた涙がこぼれそうということだけだ。

自分の罪を日和のせいにして言い出せずにいた子供のころと、自分はなにも変わっていないのだと知った。家族を守りたいと、ずっとそう思ってきたはずなのに、すこしも大人になれていなかった。罪悪感で心が激しく引き裂かれそうに痛む。

特別な才能など持たない平凡な自分を、これまで疎んだことはない。優れた人がいれば、そんな人を支える存在も必要だし、家族ならばなおのこと支え合うことが当然だと思っていた。今でも日和は、十和にとって大切で特別な弟だ。

けれど生まれて初めて、十和の心にある感情が芽生えた。

日和になりたい。こんなつまらない自分ではなくて、日和のように多くの人に愛される、魅力的な人間に生まれたかった。

そして他の誰でもない、梢に好きになってもらいたい。

身も世もなく、そう願った。

6

翌朝、目を覚ましてリビングに向かうと、ふわりと美味《おい》しそうな匂いが漂っていた。

まだ朝の八時だ。梢の仕事は午後からだと聞いていたので、いつもならばまだ眠っているはずの時刻だった。

ダイニングキッチンで、人が動く気配を感じる。

思わず十和がリビングの入口で立ち止まると、キッチンから梢がひょこりと顔を出した。

「おはよう、十和」

「あ、お、おはよう」

羞恥と罪悪感に、十和はパッと顔をうつむける。

梢はいつもと変わらない飄々とした態度だ。昨日のことなどなにもなかったような様子で、休まず手を動かしていた。

「ちょうど、朝飯つくってたんだけど、十和もどう？」

「……梢ちゃんが、つくってるの？」

「大したものじゃないよ。十和、トマト好きだよね」

「うん、好きだけど……」

「じゃあ、決まり。トマトリゾット、できたら持っていくから、顔でも洗ってきたら？」

そう梢に促され、十和はそそくさと浴室に向かった。

顔を洗い、身支度《みじたく》を整えてからリビングに戻ると、食卓にはトマトリゾットとひと口サイズに切った果物が並んでいた。これまで十和が出していた食事といえば、白米に味噌汁、それに海苔《のり》という色気のないものだったので、なんだかどきどきしてしまう。

「じゃあ、いただきます」

「どうぞ」

梢と向かい合って座り、スプーンを手にする。

ひと口すくって頬張ると、ほどよいトマトの酸味が口に広がり、唾液がにじんだ。さらりとしたスープリゾットで、起き抜けでも体に優しい風味だ。温かく優しい口当たりにホッとする。美味しい。

しかし十和も梢も無言で、空気がぎこちない。

十和はスプーンを動かしながら、ちらりと向かいの梢を盗み見た。――梢はなにを考えているのだろうか。トマトの味を咀嚼《そしゃく》しながら、十和は考える。

昨日、たしかに十和は梢に抱かれた。

日和の代わりに、抱かれた。

寝室でひとつになったあとも、飽きることなく何度も求められた。十和が疲れきって眠りに落ちる瞬間も、その腕で抱きしめて放してくれなかったほどだ。

記憶は鮮明で、体の奥にもまだ梢を受け入れた余韻が残っている。どうにか冷静さを装っているけれど、本当は緊張で心臓が破裂しそうだ。梢と関係を持って、平然となんてしていられるわけがない。

繋がってからはすべてが嵐のようだった。十和はただ梢の腕の中で泣くことしかできず、気がついたら終わっていた。

長い時間のことだったはずなのに、わけのわからないうちに十和も梢も果てていた。

そのことに不満はない。抱きたい、という梢の言葉を受け入れたのは十和だし、行為自体を後悔しているわけではない。たくさんキスしてもらえて、嬉しかった。触ってもらえて、嬉しかった。

梢が自分の中で達してくれて、初めてで夢中ではあったけれど、やっぱり嬉しかった。

それなのに、悦びと同じだけ、胸がひりひりと擦り切れたように痛かった。

「体、平気？」

「え」

梢に訊かれ、十和の頬がカッと熱くなる。

スープ皿に落としていた目線を、梢は緊張しながらゆっくりと十和に向けた。その表情がかすかに陰っている。

梢も、本当は昨晩のことを気にしているのだと気づいた。

昨日、梢は初めての行為にくったりしていた十和を甲斐甲斐《かいがい》しく世話してくれた。汗を流そうと浴室に向かったら、ついてこようとしたくらいだ。一緒に風呂《ふろ》なんて恥ずかしいので必死に断ったけれど、梢はすぐには引き下がらなかった。

こうして、めずらしくキッチンに立って朝食をつくったのも、梢なりの懺悔《ざんげ》なのかもしれない。

十和は意識的に、口元に笑みを浮かべた。

「大丈夫だよ。あれからすぐに眠れたし、体もすっきりしてる」

「よかった」

ホッとしたように言って、梢がふと真顔になった。

「あのさ、……ハウスキーパーを辞めたいって気持ち、今も変わらない？」

「どうして？」

「むしのいい話だって自分でもわかってるんだけど……、でも、十和さえよければ、やっぱりつづけてほしくて」

まっすぐこちらを見つめる梢に、十和の指先が震える。

そんなに日和にそっくりの自分にいてほしいのかと、どうしても気分が重くなった。

本当は、十和だって梢のそばにいたい。このまま梢と暮らせたら、どれほどいいだろう。

梢のことが好きだ。けれど好きだからこそ、一緒にいるのが辛い。

日和の代わりと知りながら梢のそばにいるなんて耐えられないし、なにより、梢と日和のふたりをこれ以上裏切れない。

「……ごめん」

スプーンを握る手を力なく見つめ、十和はか細い声で告げる。

せっかく梢がここにいてもいいと言ってくれているのに、自分からその手を放す行為は思う以上に労力がいった。

うつむいたままの十和の頭上に、梢の声が降ってきた。

「わかった」

声を明るくして、梢がつづける。

「無理言って悪かったよ。俺もたいがい、しつこいよな」

「……え？」

「なんでもない」

苦笑を浮かべる梢に、十和は一瞬きょとんとする。

急に家のことを頼める人がいなくなるので、心許《こころもと》なく感じているのだろうか。十和なりに苦しんで決めたことではあるけれど、梢に迷惑をかけたいわけではない。

十和は慌てて言い足した。

「でも、次の人が見つかるまでは、つづけるよ。まだ夏休みも残ってるし、その間くらいなら大丈夫だから」

「ありがと」

にこりと微笑《ほほえ》む梢の笑顔に、十和の胸がじわりと疼く。

あとどれくらい、こうして梢と向き合って過ごせるのだろう。自分から離れたいと切り出しておきながら、心は勝手に痛んでいた。


八月のカレンダーを破り捨てても、日差しはまだ強い。

それでも季節は秋に移ろうとしているのか、街路樹の緑が心なしかやわらかく見えた。大学の夏期休暇は、今月いっぱいで終わりだ。

十和が歩いていると、並んで歩く梢がすっと手を伸ばしてきた。

「そっち、危ないかも」

え、と思う間もなく、梢がさりげなく十和の腕を引く。すぐ隣を自転車が走り抜け、十和はどきりと目をまるめた。

駅前の店に、すこし遅い昼食にしようと梢に誘われて出ているところだ。

梢と関係を持ってから、すでに半月近くが経つ。

最近の梢はどこか様子がおかしかった。

街中の人混みでも、十和が歩きやすいように誘導してくれ、ときには荷物も率先して持ってくれる。いじわるも無理も言わない。

これまでとは打って変わって、すっかり優しくなっているのだ。

それに、多忙なスケジュールの合間を縫って、今まで以上にちょこちょこと部屋に戻ってくる。今もそうで、梢はまた夜には雑誌のインタビューが入っていると話していた。

部屋にいるときも、以前の梢ではない。

だらしない汚部屋の王子様だったはずが、ずぶ濡れで風呂から出てくることもなく、空になったペットボトルを辺りに投げ捨てることもなくなっていた。時間があるときにつくってくれる料理などは、十和よりずっと手慣れて見える。

今の梢ならばハウスキーパーがいなくても充分やっていけそうだが、不規則な仕事なので難しいのだろうか。

そう考える十和の思考を遮るように、ふいに若い男女が梢に声をかけてきた。

「すみません、名久井梢さんですよね」

十和と同じ年代の、おそらく恋人同士だ。

握手してください、とはにかむ彼女のリクエストに、梢は「いいですよ」と気軽に応えていた。きゃー、と興奮する彼女につづいて、彼氏も手を差し出してくる。

「俺たちの初デート、『渚《なぎさ》カフェ』の映画だったんですよ」

「ほんとにおもしろかったです！　最後、ボロボロ泣いちゃって」

「へえ、嬉しいな。彼女さんが？」

「いや、俺がっす」

梢の気さくさな態度に、最初は緊張した面持《おもも》ちだったふたりも自然な様子で笑い出す。

『渚カフェ』は、去年の夏公開の映画で、海のそばでカフェを営む若者たちを描いた青春群像劇だ。十和も映画館の予約をして初日に観に行った。

こうして握手を求められている姿を見ると、やはり梢が芸能人なのだと実感する。ずっと好きで、今も片想いをしている人だけれど、それ以前に誰もが知っている有名人だった。

一緒に暮らすようになって身近に感じていたけれど、やはり梢は遠い人なのだと知った。

応援していますと頭を下げる恋人たちと別れる。

梢が十和に小さく、「ごめん」と告げた。

「待たせちゃって」

「ううん、梢ちゃんが人気者で嬉しいから」

気負いなく素直に告げると、梢が虚を衝かれたように目をまるくした。

それからテレビで見るような爽やかな笑顔を浮かべる。「ありがとう」と白い歯をこぼす梢は、そのまま雑誌の一ページに収められそうだ。

そういえば、と十和は梢を見上げた。

「『渚カフェ』じゃないけど、この前も海で撮影してたね」

「ああ、あっちは、ドラマだけどね」

そう言って、ひそ、と梢が声をひそめた。

「実はあの映画さ、撮影、けっこう大変だったんだ」

「え？」

「天気が崩れたり、セットが壊れたり、小さなアクシデントが多くて、なかなか撮影が進まなかったから。主演の子も、途中から苛々しだしてすげー怖かったし」

清純派が売りの、主演女優の意外な一面を知る。普段触れる機会のない舞台裏の話に、十和も興味が湧く。

ここ数日の梢は、優しいだけではなく明るかった。話題も豊富であれこれと話してくれるものだから、退屈する暇がない。なんだか昔の梢みたいだ。

くすりと笑って、十和は口をひらいた。

「映画の役柄だと、梢ちゃんのほうが怖い役だったのにね」

「あ、もしかして、十和も観てくれたの？」

嬉しそうに目を細める梢から、十和はつい頬を染めて目を逸らした。

「うん、まあ……」

かっこよくて見惚《みと》れていた、とは心の中だけでつけたす。

梢の役柄は、新人店員である主役の先輩だった。プライドが高い訳ありパティシエ役で、主役の女優にいじわるばかり言う梢に、演技だとはわかっていてもハラハラしたことを憶えている。

あのころは、まだ梢のことを優しいばかりだと信じていた。イメージとかけ離れた役柄に驚いたけれど、今思えばはまり役かもしれない。

まっすぐ前を見ながら、梢が懐かしそうに目を細めた。

「海で撮影があると、よくあの海を思い出すんだ」

「あの海？」

「十和の家の近くの海だよ」

もうずいぶん行ってないな、と梢は空を見上げる。梢の口から、宝探しをした海の話題が出たことに、なんとなくどきりとした。

そうだ、と梢がなにか思いついたように破顔する。

「次のオフ、一緒に行かない？　ずいぶん久しぶりだし」

「一緒にって、あの海に？」

「そうだよ。久しぶりだし、どうかな」

「いいけど……、でも、今の梢ちゃんが行ったら、大騒ぎになったりしないかな」

「ない、ない。誰も気づかないって」

先ほど声をかけられたことも忘れて、梢は平然と笑った。

「それに、あの海に人がいるとこなんて、めったに見かけなかったし」

「犬の散歩とか釣りしてるおじさんなら、たまに見るよ」

「あと、近所の小学生ね」

「そうそう。よく遊んでるもんね」

観光客など来るはずもない、小さな浜辺だ。昔のことを思い出して、互いにくすくすと笑い合う。梢がいたずらっぽい調子で言った。

「十和は小学生のころでも、ぜんぜん俺と遊んでくれなかったけど」

「え？」

「宝探しだよ」

「……宝探しのこと、憶えてるの？」

「忘れないよ」

梢がなにを訊くのかというように、十和に不思議そうな目を向ける。

十和にとっては特別な思い出だけれど、梢にとっては退屈な記憶のひとつだと思っていた。まさか記憶しているなんて思わなくて、驚く。

「海に行ったらやってみようか？　今でも案外楽しいかもね」

「宝探しなんて、子供みたい」

知名度も人気もある梢が、今さら砂浜にカプセルトイを埋める姿を想像すると、なんだかおかしい。小さく噴き出す十和に、梢がふっと目を細めた。

「もちろん、十和が、嫌じゃなければだけど」

そうこぼした声が、思いのほか張り詰めている。

柔和な笑顔なのに、目の奥が醒めているように見えた。一見そうは見えないけれど、たしかに十和の反応をうかがっている。

梢は明るいし優しいけれど、以前と違って十和に心を閉ざしているのだ。

十和もそう気づきながら、梢と同じように楽しげに振る舞っていた。テレビに出ているときとも違う、どこかぎこちない梢の演技に、十和も合わせて演じている。

今の梢の笑顔は、壁だ。

本心の見えない梢に、十和はおそるおそるしか近づけない。せめて映画やドラマのように、もっと自然に演じてくれたらいいのに。そう思っても、気づかないふりをつづけることしかできなかった。

梢がこうも変わった原因は、もちろんわかっている。互いに触れないようにしているけれど、あの夜の一件が今も尾を引いているのだ。

「海かぁ」

ぽつりと、十和が呟く。

「そうだね、……うん、海、いいかも」

「本当に？」

「うん、行きたい！」

十和はにこりと笑って梢を見上げた。

互いに腫《は》れ物に触れるようにしながら、一緒にいてなんになるというのだろうか。無意味なことだとわかっていても、十和は残りわずかな時間を大切にしたかった。

海で過ごす日を最後に、完全に梢のことはあきらめる。

これは十和にとっていいきっかけでもあった。

どんなに長くても、こうして十和が梢とともに過ごすのは夏休みの間だけだ。期間が決まっていることも、十和にとってはかえって幸運だ。そうでなければ、以前の十和のように、いつまでもズルズルと梢に片想いをつづけてしまうだろう。

「今月はちょっと予定が見えづらいんだけど、後で内田さんに確認しとくから十和も空けといて」

「わかった、楽しみにしてる」

本心のはずなのに、ずきずきと十和の体の内側が痛くなる。

梢と恋人になれないことは、しかたない。けれど、以前のような気の置けないやりとりが二度とできないことは残念だった。わがままな梢にあれほど手を焼いていたはずなのに、実はそんな日々を楽しんでいたのだと、今になってわかった。

最初から、梢とは近づけない運命だったのかもしれない。

最後の思い出があの海だなんて、なんだか出来すぎで妙なおかしみが湧いてくる。神様のいたずらが本当にあるのならば、これはきっとそのひとつに違いなかった。


九月半ばの月曜日は、あいにくの曇天だった。

洒落《しゃれ》た雑貨屋を出て空を見上げると、今にも降り出しそうに一面が厚い雲で覆われていた。正午をすこし過ぎたくらいだが薄暗く、気分まで重くなる。

欲しい雑貨があるわけではないが、十和は梢と海に行く約束に向け、カプセルトイに入る大きさの品を探していた。

梢はああ言っていたけれど、本気で宝探しをするとは十和も思っていない。十和も梢も、もう大人だ。ただ、絶対にないとは言いきれないので、一応探しておこうと考えた。海に行って、どんな流れになるかわからない。用意しておいて損はないだろう。

しかし、今日はもう雨に降られる前に戻ったほうがいいかもしれない。

そう思い、十和はマンションへと引き返す。

夏休みも徐々に終わりに近づいているが、新しいハウスキーパーはまだ見つかっていなかった。本気で探せばすぐに見つかりそうなものだけれど、梢は特殊な仕事なのでなかなか条件が難しいのだろうか。

代わりが見つかる見つからないに関係なく、十和は今月いっぱいで梢のマンションを出ることになる。梢との妙な気まずさもあいかわらずで、最後までこのままなのかと思うと、やはり淋《さび》しいものがあった。

それでも、梢と海に行く日を思うと、すこしだけ気分が浮上する。

どれほどの気まずさがあっても、梢と一日過ごせると思うと、それだけで楽しみだ。

梢との休日を考えながら歩いていると、十和の携帯電話が震えた。梢からのメッセージを受信したようだ。

オフの日にちが決まったという内容に、さらに十和の心が明るくなる。以前、予定が見えづらいと梢が話していた通り、まだちゃんとした日程は決まっていなかったのだ。

メッセージの本文には、今週の土曜日が一日オフだと書いてある。

画面に映し出された日にちを見て、十和は思わずその場に立ち止まった。

「この日って、たしか……」

そう呟くのと同時に、またしても携帯電話が主張を始める。今度は着信だ。電話をかけてきたのは、母の小百合だった。

『どう？　梢ちゃんとは喧嘩《けんか》せずにうまくやってる？』

「うん、……大丈夫。問題なくやってるよ」

まさか本当のことなど言えるはずもなく、十和はそう答える。そんな十和に、小百合はすこし拗《す》ねた口振りで言った。

『十和ちゃんったら、ちっとも頼ってくれないのね。ママ、ちょっと淋しいわ』

「ひょっとして、それで電話かけてきたの？」

小百合なりの心配なのかもしれないが、思わず苦笑してしまう。

『それもあるけど、今日は日和ちゃんのお見送りのことで電話したのよ』

「あ……」

『土曜日、十和ちゃんはどうするの？　直接、空港に向かうのかしら？』

土曜日、と小百合がはっきり告げる。

思い過ごしではなかったようだと、十和はそっと肩を落とした。

「やっぱり、日和の見送り、今週の土曜日だったよね」

『そうだけど、どうして？』

「……ううん、ちょっと、確認しただけ」

十和はすこし迷って、そう返す。

あいかわらず気楽そうに、小百合がつづけた。

『ね、お見送りのあと、十和ちゃんも一緒にお夕食でもどう？　ママたちも東京に行くから、梢ちゃんも来られそうなら声をかけておいてちょうだいよ』

通話を終え、十和はその場で逡巡《しゅんじゅん》する。先ほどまでほんのすこし浮上していた気分が、またしてもぺちょんと地面に落ちた。

日和の出発まで、あと一週間もない。

もちろん忘れていたわけではないけれど、梢とのことで頭がいっぱいでほとんど考えることをしなかった。自分のことばかりだった自分が恥ずかしくなる。

日和だって、梢と日本で過ごせる時間は残りわずかだ。

イタリアに発てば、容易にこちらに戻ってくることはできない。

ふたりが両想いだと知っているのは、十和しかいなかった。梢と日和、本人たちでさえ気づいていないことだ。その事実を知りながら、黙っていてもいいのだろうか。

たとえ想い合っていようと、ふたりの恋愛だ。告白をするもしないも本人たちの問題で、十和がお膳立《ぜんだ》てすることではない。

そう自分に言い聞かせてみるが、どうしようもなく胸が暗くなった。

梢と離ればなれになる辛さは、十和も痛いほどわかるからだ。好きな人と一緒にいられないことほど、耐えがたいことがあるだろうか。とくに、日和は梢に愛されているのだ。想いを伝い合わず離れてしまうなんて、悲しすぎる。

梢も日和も、十和にとってかけがえのない大事な人だ。

大好きなふたりには、やっぱり笑っていてほしい。

それ以上に、十和の望むことなどなかった。最後の思い出がもらえないことは悲しいけれど、思い出よりも大切なものが、十和にはあるのだ。

痛む胸には気づかないふりをして、十和は一歩、ゆっくりと足を踏み出した。


遊歩道から浜辺へとつづく階段に腰を下ろす。ぱんぱんにふくらんだスポーツバッグを肩から外して砂の上に置くと、すこしだけ心も軽くなった気がした。

約束の日、十和はひとりで海にいた。

望月家のそばの、小さな浜辺だ。風はなく、海は静かに凪《な》いでいる。海の青がすこし淋しく見えるのは、秋がすぐそこまで迫っているからだろう。

きらきらと光る水面を眺めながら、十和はぼんやりと梢のことを考えた。

週が明けて数日もすれば、夏期休暇が終わる。それまではハウスキーパーをつづけると伝えていたけれど、一緒に荷物も引き上げてきた。梢にはなにも話していない。ただ、約束の浜辺ではなくて日和の見送りに行くようにと、そう梢に連絡を入れた。

最初は十和も空港に向かうつもりだったが、途中で足が動かなくなった。

梢と日和の心が通い合う瞬間をこの目でたしかめるのは、今はまだ辛い。幸せになってほしい気持ちに嘘はないけれど、もうすこしだけ時間が欲しかった。

今ごろ、梢は空港で日和に想いを伝えているのかもしれない。

そう思ってそっと肩を落とすと、ふいに背後から聞き慣れた声がした。

「――十和」

振り返ると、そこには梢の姿があった。気のせいか、表情が暗い。にこりともせず、十和をまっすぐ見つめていた。

空港にいるはずの梢が、どうしてこの海にいるのだろうか。

十和は慌てて立ち上がり、衣服についた砂を払った。

「梢ちゃん、なんでここに……」

「今日は一緒に海に行くって、約束してただろ」

「そうだけど、でも」

一歩ずつ、ゆっくりとこちらに近づいてくる梢に、十和の胸がじわりと熱くなる。空港に行くように仕向けたのは十和だというのに、会えるはずもない梢がここにいることが堪えようもなく嬉しかった。

それでも今は、喜んでいるわけにはいかない。

十和はぎゅっと顔をしかめて、梢に向き直った。

「そんなことより、すぐに空港に戻らないと！　日和の出発は夕方だから、今ならまだ間に合うかもしれない」

「そんなに、俺に空港に行ってほしい？」

「当たり前だよ」

ずきんと刺すような痛みを必死にのみ込み、十和はつづける。

「日和、今日、日本を発つんだよ。このまま日和が飛行機に乗ったら、次はいつ会えるかわかんないんだから」

「だからって、十和との約束はやぶれないよ」

「おれとの約束なんて、気にしなくていいのに。どうせ、大したことじゃないんだから」

「……大したことじゃない？」

「海なんて、行こうと思えばいつでも行けるだろ？」

梢がまた自分と海に行きたいなんて、そんなことを言い出すはずがない。わかっていながら、十和は平気なふりをして笑った。

そんな十和に、なぜか梢の顔から表情が消える。

黒くからっぽの瞳が一瞬揺れた。小さく息を吐いて、苦しげにうつむく。梢らしくないどこか弱々しいその様子に、十和の心が激しく揺さぶられた。なんだか梢が傷ついているように見えたからだ。

けれどそれは一瞬のことで、顔を上げた梢の顔にははっきりと怒りがにじんでいた。悲しみや儚《はかな》さなんてどこにもない。目が完全に据わっている。

「……っざけんなよ、十和」

憤りもあらわに吐き出したような声に、十和はぽかんとしてしまう。

次の瞬間、梢がポケットからなにかを取り出し、こちらに投げつけてきた。十和は慌てて受け止める。

投げられたものは、白いカプセルトイだった。中身は見えない。傷が多く、見るからに古かった。手の中のそれを、十和はしげしげとたしかめる。

以前、梢の部屋を大掃除しているときに見つけたものだと気がついた。

「梢ちゃん、これって……」

「この前は強引だったたし、ひどいことをしたって自覚もある」

十和の言葉に被せるように、梢は苛立たしげにつづける。

「俺なりに反省してたから、まずは信頼関係を築いていこうなんて、十和相手にそんな不毛なこと考えてたけど、……もういい」

「もういいって、なにが」

「十和は昔から、俺のことを嫌ってるもんな。今さらいい人ぶったところで、焼け石に水だってわかってたのに」

思いもよらない梢の発言に、十和は言葉を失う。

十和が梢を嫌っているなんて、一体いつどこでどうしてそんな話になったのだろうか。梢は芸能人としても多くの人に愛されているけれど、それでも自分の梢への愛情が一番大きいという自信がある。

出会ってから今まで、——再会したときは、たしかにもう好きではないと思ったりもしたけれど、それでもずっと、梢だけを想いつづけてきたのだ。

呆然と立ち尽くす十和を、梢が居直った態度で射貫くように見つめた。

「五千万も借金抱えといて、俺から逃げられると思うなよ」

きっぱりと言い放ち、梢は十和の前でふんぞり返る。

「十和が俺を嫌いでも、そんなの関係ないんだよ。借金があるかぎりは、頭のてっぺんから爪先《つまさき》まで、十和はぜんぶ俺のものだから」

「……借金って」

「みっともなくても、使えるものはなんでも使ってやる。ていうか、慰謝料も上乗せしたいくらいだし。十和が初めてうちに来た日、俺がどんだけ精神的苦痛を感じながら自分の家を汚したか、わかる？」

「で、でも、梢ちゃん、元々掃除とか苦手なんでしょ？　だから、あんな汚部屋に住んでたんじゃないの？」

突然のことに呆気に取られて答える十和に、梢が深いため息をついた。

「この際だからぜんぶぶちまけるけど」

梢が間断なく矢継ぎ早に告げる。

「俺はリモコンの置き場も決めてるタイプで基本部屋を汚すことはないし、料理も趣味で時間があれば結構凝《こ》るタイプだから。風呂上がりだって、あんなびちゃびちゃで部屋を歩くわけないだろ。あんなの、信じるほうがどうかしてるよ。だから家のことで人に頼むことなんてなにもないし、他人を家に入れること自体、そもそも好きじゃない」

「じゃあ、おれが梢ちゃんの家に行く意味って……」

「意味はある。それもこれもぜんぶ、十和を呼ぶためにしたことなんだから」

「……おれを、こき使うために？」

梢が知らない国の言語を話しているみたいだ。意味は理解できるのだが、梢がなにを言っているのさっぱりかわからない。

混乱状態の十和に、梢が額に青筋を立てて反論する。

「はあ？　どこをどう解釈したらそうなるんだよ！」

「どこをどう取っても、そうとしか思えないよ！」

興奮して声を荒らげる梢に、十和もカチンとして大声で応戦した。互いに一歩も退かず、ハブとマングース状態で睨《にら》み合いがつづく。

「十和の思考回路って、ほんとどうなってるわけ？　ちゃんと中身入ってる？」

「おれだけがおかしいみたいに言うの、やめてよね！　理解不能なことしてんのは梢ちゃんのほうだろ。理由もなくおれを家に呼んで住ませるとか、ぜんっぜん意味わかんないし」

「そんなの、十和のことが好きだからに決まってるだろ！」

ひときわ大声で叫ぶように言う梢に、十和は耳を疑う。

言い合いで熱くなっていた頭が、一気に醒めた。十和はぽかんとして、目の前に立つ男の端整な顔を見返すことしかできなかった。

梢が、自分のことを好き？

たった今、本人が言ったことではあるが、とても信じられることではない。これは、夢か妄想だろうか。もしくは聞き間違いか、梢の言葉を脳が都合のいいほうに曲解して解釈をしているのかもしれない。

会話が途切れ、ふたりの間に沈黙が流れる。

ほんのわずかな間を置いて、先に動いたのは梢だった。かすかに赤くなった頬をかき、ふっと目を細めた。

「好きじゃなきゃ、ここまで必死になったりしない。……そんな当たり前のこともわからないなんて、ほんとに十和は抜けてる」

他になにがあるんだよ、と照れ隠しのようにそっぽを向く。

どうやら聞き間違いでも脳の曲解解釈でもないようだ。突然のことで動揺が強く、嬉しいという感覚はない。というよりも、実感が湧かない。

十和は迷いながら、梢に尋ねた。

「……でも、日和は？」

「日和？」

「だって、梢ちゃんは、日和のことが好きなんじゃないの？」

「は？」

梢が虚を衝かれたように訊き返す。

「俺が、誰を好きって？」

「梢ちゃんが、……日和を」

梢はますますうろんな目で十和を見下ろした。

「なんでそんな勘違いをしてるのか、本気でわかんないんだけど」

「だって！」

反射的に、十和の声が弾ける。

「梢ちゃん、日和にはすごく優しいし」

「そりゃ、日和も昔から知ってて、小さい弟みたいなものだから」

「日和に惚れた人は可哀想だって言ってたのは？」

「あれは、……自分も十和にそうだったから、一方通行で気持ちが通じない人の気持ちはわかるって、それだけだよ」

「コンクールのときだって、日和が優勝したらすごく嬉しそうだった」

「弟みたいな日和が夢に向かって頑張ってれば、応援したくもなるよ。コンクールで優勝すれば、嬉しいに決まってる」

「ほら、やっぱり――」

「でも、それと恋愛とはべつだろ？」

きっぱりと告げられ、梢の胸が激しく揺れる。

十和を見つめる梢の目が痛いくらいに真剣で、とても嘘をついているとは思えなかった。

本当に、梢は自分のことが好きだと、そう言っているのかもしれない。

じわりと甘い感情が胸に広がりかけるが、同じだけの怯《おび》えも十和を襲った。

梢の言葉が真摯《しんし》であるとわかりながらも、日和との繋がりの深さを知っているためか、どうしても素直に受け入れることができないのだ。

「でも、昔うちで一緒に住んでたときも、梢ちゃんは日和とずっと一緒にいたよね。それは、日和が特別に可愛かったからだろ？」

きゅっと唇を噛み、十和は肩を落とした。

「……あの日も、梢ちゃんは日和を庇ったたくらいだし」

「俺が日和を庇ったたって……、それ、いつの話？」

「昔、お祖母《ばあ》ちゃんのヴァイオリンに勝手に触ったたって、お祖父《じい》ちゃんが日和を叩こうとしたことがあったでしょ。あのときだよ」

「ああ、あれは……」

梢も思い出したのか、なにかを言いかける。

十和はそれを制して、話をつづけた。

梢がなにを言おうとしているにせよ、自分に弁解することなんてなにもない。十和が勝手にいじけているだけなのだ。この感情は、嫉妬だった。醜い感情だとわかっていても、自分で制御できない。

「あのときのお祖父ちゃん、本気で怒ってた。すごく怖かったし、……下手したら、追い出されてもおかしくなかったくらいだったよ。それでも庇おうと思ったのは、相手が日和だったからでしょ？」

そこまで言いきって、十和はどうにか顔を上げる。

「それ、違う」

「え?」

十和を見返す梢の表情には、焦りも動揺もなかった。静かに十和を見つめ、明瞭な声で言った。

「あのとき俺が庇ったのは、十和だよ」

「……おれ?」

「ていうか、ヴァイオリンから弦を取ったの、あれ、十和じゃん」

え、と十和はまたしても自分の耳を疑う。

どうして、梢が知っているのだろうか。驚いて目を瞠《みは》る十和に、梢は小さく息を落とした。

それから、なんでもない様子で、十和のほうへと手を伸ばす。

「それ、貸して」

先ほど、梢に投げつけられたカプセルトイだ。梢は十和の手から取ると、力を込めてカプセルをひらいた。十和が以前開けようとしたときには硬くてびくともしなかったのに、梢の手で簡単に蓋《ふた》が外される。

その中から現れたものに、十和はハッと息をのんだ。

「これ、ヴァイオリンの弦?」

錆《さ》びた古いヴァイオリンの弦だ。その細さから、E線のものだと判断できる。かつての甘やかな輝きはすでに失われているが、見間違えるはずもない。

十和があの日見つけた『宝物』だと、直感でわかった。

呆然と弦を見つめる十和に、梢が飄々と告げる。

「十和がその弦を外してるとこ、実は俺、見ちゃったんだよね」

「嘘！」

「こんな嘘、ついてどうするんだよ」

驚愕の事実の連続に、もう頭がついていかない。

「このカプセルを見つけたのは偶然だし、騒動のあとだけど。……でも、これを見つけたときは、正直、かなり嬉しかったんだよね」

梢の眼差しが、にわかに優しくなった。

「十和が外した弦がカプセルに入ってたってことは、十和も宝探しをしたがってたんだろ？そう思ったら、それまで以上に十和が可愛く見えて」

「あ……」

「昔から、俺は十和に嫌われてたから。俺としては十和を可愛がってたつもりだし、一緒に住んでて弟みたいにも思ってたんだけど。顔見るたびに逃げ回られて、実は結構へコんでたんだよ」

違うよ、と反論する隙もなく、梢はつづける。

「それなのに、騒動のあとは余計にすばしっこく逃げるようになるし。ほんっと腹立った。結局、俺が家を出るまで、まともに顔も合わせてくれなくて」

ふっと、梢が十和から海へと目線を移す。往き来する波を見つめ、昔を思い出すようにすこしだけ笑った。

「離れてる間も、十和のことは忘れてなかったよ。撮影中も、これ、十和も見るかなって、たまに思い出したりしてたし」

「……一緒に住んでたときから、好きでいてくれたの？」

「それは、うんって言ったら、嘘になる。だって、あのときの十和はまだ十歳だし、俺も高校生だったから。そういう対象としては、さすがに見ないよ」

苦笑を浮かべて、梢がゆっくりと十和を振り返る。

「でも、再会してすぐに、十和を好きだって自覚した」

「ほんとに……？」

「ほんとだよ。言うこととか、やることとか、いちいち可愛くて目が離せなかった。ていうか、めちゃくちゃ美味《うま》そうに育っててびっくりした」

「う、うまそう？」

頭からまるかじりされる自分を想像して、十和はふるふるとかぶりを振った。

ドナドナされたとは思っていたけれど、まさか本当に食べられようとしていたなんて。驚きだ。

「十和の家の事情を知ったときは、これで十和をそばに置く口実ができたって頭の中ではガッツポーズを決めたね。もっと早く再会して力になりたかったって、そうも思ったし」

「でも、梢ちゃん、おれのことが嫌いなんじゃないの？」

「嫌いな人間を家に入れてそのうえ一緒に暮らすほど、物好きじゃない」

「おれのこと、苛々するって言ってたのに」

「苛々してたのは、十和がぜんぜん俺を見ないから。自分勝手だって、わかってるよ。でも、再会しても変わらず俺から逃げようとするし、そんなに嫌うことないじゃんって、そう思うとどうしても腹が立って」

「――嫌ってなんかないっ」

十和はたまらず、声を弾けさせる。

「おれも、梢ちゃんのことが好きだから！」

「……は？」

梢がぽかんと目を見ひらく。

いきなり、なに言ってんの。梢の顔にははっきりとそう書いてあるようだった。十和の言葉をみじんも信じていないようだ。正確には、突然のことに動揺が過ぎて信じられない、といった顔をしている。

どう言えばわかってもらえるのだろう。

ぐるぐると、十和の頭も回ってしまう。

「こ、梢ちゃんこそ、おれの言うこと、ちゃんと信じてよ！」

どうにかしてわかってもらわなければと、十和は必死に訴える。これまでこの胸の中で積み上げてきた途方もないほど大きな梢への気持ちを、上手に言葉にできる自信はなかった。それでも、伝えなければ前には進めない。

混乱しながらも、十和は思いつくままに梢に気持ちをぶつける。

「はっきり言って、梢ちゃんの好きなんて、おれの好きとは年季が違うんだから。おれは、子供のときから梢ちゃんのことが好きだったし」

「……あんなに俺から逃げ回ってたのに？」

「それは、好きすぎて、恥ずかしくて顔を見られなかったから」

「好きすぎてって、……マジで？」

「マジだよ！　梢ちゃんの近くにいると、ドキドキして心臓が爆発しそうになってたんだよ。子供のときはとくに、ただでさえ人と話すのが苦手だったし」

じわじわと顔が火照《ほて》っていく。顔だけではなく、耳も首筋も指先まで、全身が羞恥《しゅうち》に熱くなっていった。

好きだと、ただその気持ちを伝えることが、こんなに恥ずかしいなんて知らなかった。

「小さいころも、離れてる間も、ずっと好きだったよ。今だって、……ううん、今のほうが、好き、かも。日和の身代わりでもいいって、思える、くらい……」

言いながら、ぐっと目元が焼けつくように熱くなる。

あれ、と感じたときには、すでに涙になって十和の目からこぼれ落ちていた。泣くつもりなんてないのに、ぼたぼたと涙があふれる。感情が限界まで高まると、人は泣いてしまうのだと知った。

それきり声も出せず泣きつづける十和を、梢がきつく抱きしめる。

久しぶりの梢の体温に、どうしようもなく胸が高鳴った。ムスクの香りとその腕の力強さにも、恍惚《こうこつ》と酔いしれそうになる。

梢が十和を抱きしめている。

そのことが、どうしようもなく嬉しかった。

「誰が誰の代わりだよ。俺が抱こうと思ったのは、十和だからだよ。男相手に欲情するのなんて十和が初めてだし、十和にしかしたいと思わない」

ひときわ強い力で抱きしめ、梢が耳元で囁くように言う。

「こんなに人のこと振り回しといて、……頼むからわかってよ」

熱のこもった囁きに、十和はようやく現実なのだと実感した。

梢に愛されるなんて、奇跡のような確率だと思っていた。平凡な十和には遠い人だと、そう思っていたけれど。

ふいに、梢の顔が近づいてくる。

優しい口づけを、十和はみずから目を閉じて受け入れた。

重ねるだけの口づけに、全身がとろけそうなほどうっとりする。それは、十和が梢のことを好きだからだ。そして梢も、十和を好きでいてくれているからだ。

これまでずっと、家族のためにと考えていた。

大事な人たちのためなら、自分のことなんてどうだってよかった。けれど、梢が自分のことを好きだと言ってくれるかぎり、十和も梢を選ぶ。梢だけは、誰にもあげられない。たとえそれが、大事な弟でもだ。

生まれて初めて、心からそう思った。

浜辺からつづく細く長い石段を、十和の家までふたりで登る。

広い家に両親はおらず、なんだかがらんと淋しく感じた。両親は日和の見送りで東京にいるので、十和たちを出迎える人は誰もいない。

不在を知りながら、十和はなんとなく忍び足で階段を上って二階に行った。そこには十和の自室がある。

扉を開けて部屋に入るなり、背後から梢にきつく抱きしめられた。

ちゅ、と首筋にキスをされ、ぞくりと肌が粟立った。

「誰もいないこの家に忍び込むなんて、悪いことしてる気分」

「ん、で、でも……」

耳元で囁かれる低音に、十和はぎゅっと目をつむる。両親の留守中に人を連れ込むなんて、初めてのことだ。罪悪感で胸がチクチクするけれど、今はとても、梢のマンションに戻るまで冷静でいられる自信がなかった。

それは十和以上に、梢のほうが切羽詰まっているようだ。

ベッドはすぐそこだというのに、梢は我慢できないというように十和の項《うなじ》や首を吸い上げてやめようとしない。

それでもどうにか、もつれ込むようにふたりでベッドに入る。ふたりの体重でベッドが軋む音がやけにリアルで、ギュッと心臓が止まりそうになった。

「十和の肌、すごくきれいだよね。すべすべしてて、ずっと触ってたいくらい」

「そんなとこ褒められても、あんまり嬉しくないよ」

「なんで？　俺は好きだよ。こうして、跡もいっぱいつきやすいし」

吸い上げられた場所に、鬱血の跡が残っている。

キスマークのことだとわかって、十和は動転してしまった。

「み、見えるとこは、やめてね？　いかにもって感じで、恥ずかしいし」

「なんで？　もうすぐ学校が始まるし、そしたらみんなに見せてやればいいじゃん。十和は俺のものだって、ちゃんと周囲にアピールしとかないと」

「そんなアピール、いらないよっ」

「いるに決まってるだろ。十和は鈍いから、他の男に狙われても気がつかないだろうし」

「だから、そんな物好き、梢ちゃんだけだって！　ていうか、おれも男なのに、男に狙われたりしない」

「ほら、やっぱりわかってない」

呆《あき》れたように言って、梢がひときわ激しく十和の鎖骨を吸い上げた。

「……っん、」

くすぐったいような妙な感覚に、腰骨の辺りがぞくりとする。

爽やかな顔をして、剝《む》き出しの独占欲を隠そうともしない。強く求められているのだと感じ、酩酊感《めいていかん》を覚えた。

燃えるような梢の目に、くらくらする。

数えきれないほどキスの雨を降らせながら、梢が十和の体をベッドの上に仰向けにさせる。

十和がキスに溺れている間に、シャツも下着も、梢が器用に剝ぎ取っていく。

「ほんとは外に出したくない。お嫁さんになればいいのに。この夏みたいにさ、ずっと俺の部屋にいて、俺のことだけ考えてほしいくらいだよ」

「こ、梢ちゃんって、へん……」

「監禁ってどうやればいいんだろう」

「――んっ、ふ」

さらっと恐ろしすぎることを言ってのける梢に、十和の背筋が凍りつく。

顔だけはきらきらと爽やかに微笑んで、今度は唇にキスをくれた。

大きく心臓がはねるけれど、十和も進んで梢の舌を受け入れる。戸惑いながらも梢の肩に手を伸ばした。

いつの間にか、一糸まとわぬ姿になっている。つづいて自分もシャツを脱ぎ出す梢に、胸がきゅう、と捩れるようだった。

口づけながら忙《せわ》しなく裸になる梢の姿に、なぜだかひどく興奮する。引き締まった胸元があらわになり、どきどきと鼓動が大きくなった。自分の中に本能じみた欲望があることに驚く。それはきっと、好きな人と向き合っているからだ。

「…っう、ん、こず、…ちゃ……」

互いに舌を絡めながら、梢の名前を呼ぶ。

今キスをしている人は梢なのだと、もっと強く感じたかった。梢とはこれまでも何度か唇を重ねているけれど、これほどの幸福感は初めてだ。

愛し合う自覚を伴ったとき、この行為は激しく官能的なものになる。

たっぷりと唾液を含んだ舌を擦り合い、ときには激しく吸い上げる。ちゅくちゅくと聞こえる濡れた音に羞恥を覚え、十和の体がさらに熱くなった。

「あ……っん！」

口づけながら、くにくにと下肢を擦るように弄られる。

深いキスで熱くなっていた性器は、軽く刺激されるだけですぐに頭をもたげはじめた。体の奥で眠っていた性感を、梢の手で強引に引きずり出される。

自分ではコントロールできない熱に、十和の腰が大きく揺れた。

「十和、気持ちいい？」

「ん、…うん」

恥ずかしいけれど、梢が自分を気持ちよくしてくれているのだ。嘘はつけなくて、十和は顔を真っ赤にしてうなずく。

「可愛い、十和」

そんな十和の反応に満足してか、梢が嬉しそうに目を細めた。それから、唇を啄《ついば》むようなキスをくれる。

「素直で可愛いから、もっとサービスしてあげないとね」

梢はそう言うなり上体を起こして、キスを終了させる。

離れていく唇を名残惜《なごりお》しく見つめるが、その唇が次に落とされた場所に、十和は目を白黒させた。

「ひ、やぁっ、う、うそ…！」

十和の両足を大きく広げ、その中心に梢は口づけた。

いたずらとキスですでに先走りをあふれさせている性器の先端を、梢はためらいなく舐め上げる。

「だ、だめ、梢ちゃん、きたな、…からっ」

まさかこんな場所を梢に舐められるなんて、思ってもいなかった。

美しく造形的な唇が、自分の下肢に触れるなんて、あっていいことなのだろうか。十和はたまらず足を閉じて抵抗しようとするが、梢の肩が邪魔で敵わない。

「なんで？　十和はこんなとこまで可愛いのに」

「そ、んな、わけ、ない…っ」

上目遣いに見上げる梢の目が、にっと半円を描く。

そんな表情にも男の色気を感じ、ぞくりとした。

「本当だよ。どこもかしこもエロ可愛くって、たまんない。体中ぜんぶ、奥まで舐めまわしたいくらい」

「も、もう、……梢ちゃん、さっきから変態っ」

「俺を変態にさせてるのは、十和だから」

あっさりと言って、梢は行為を再開させる。

十和の性器を口に含み、飴玉《あめだま》でも舐めるようにその舌で翻弄する。ただでさえ敏感な場所を、際限なく責められる。ちゅくちゅくと皮膚《ひふ》の上を往き来する舌に、十和の口からはひっきりなしに喘ぎが漏れた。

「ひっ、ん、や…、やぁっ」

濃厚すぎる愛撫《あいぶ》に、十和の足がびくりと震えてしまう。

茎を舌で擦られながら、双果を指先で弄《もてあそ》ばれた。十和の先走りか梢の唾液かわからない、なにもかもがまざり合った蜜《みつ》が、十和の下肢をいやらしく濡らしていった。

刺激をつづける梢の指まで、ぐちょぐちょだ。

「――いっ、あうっ」

こぷりと蜜をあふれさせる先端を舌先で抉《えぐ》られ、あられもない声が漏れる。

十和の喘ぎを合図にするように、梢が濡れた指を後孔のつぼんだ箇所へと滑らせた。そのままつぷりと指を挿入され、たまらず背中が仰け反る。

「や、だ、だめ、一緒に、は……っ」

前回、梢にそこを触られたとき、強すぎる快感に意識が飛んでしまうかと思った。中に隠れた快楽の泉があることを、今の十和は知っている。性器を口で責められ、同時に後孔をもほぐされては、とても正気を保ってなんかいられない。

しかし梢は、中に差し入れた指を抜いてはくれなかった。

それどころか、狭い媚肉を広げるように、大胆に動かしはじめる。

「…っい、や、あ、あぁ」

一度、梢を受け入れたためか、十和の後孔はたやすくその指をのみ込んでいた。狭い壁を引っかくようにされるたび、きゅうきゅうと浅ましく痙攣する。まるで梢の指を放したくないとでもいうように、いやしく咥《くわ》え込む。

「あ、あっ、…ん、や、こず、ちゃ……、くるし…！」

前と後ろを一気に責め立てられ、十和の視界が白くなった。

子供のころから暮らしてきた部屋に、梢が十和を愛撫する淫猥《いんわい》な音が響いている。そんな非日常的なできごとにも、ひどく体が熱くなった。

梢の指がもっとも感じるふくらみに触れる。

「ひっ、ん…っ」

快感の泉を集中的に指先で抉られ、十和の全身が激しく震えた。逃げ出したいほどの強すぎる快感に、自然と涙がこぼれる。

大きく胸を上下させながら、十和は必死に訴えた。

「や、も、息、でき、な…っ、あうっ」

性器も後孔も、十和の体はすっかりとろけていた。与えられる愛撫にいちいち体が震えてしまう。敏感すぎる反応が、恥ずかしい。こんなあられもない自分を、梢のような美しい人に見られているなんて、恥ずかしさでどうにかなってしまう。

「も、…だめっ、へんに、なっちゃ……！」

「いいよ、十和。へんになってるとこ、いっぱい見せてよ」

梢はうっとりとそんなことを言った。

性器全体を口で包まれて、じゅくじゅくと激しく吸い上げられた。体の奥で電流のような悦びが生まれ、十和の中を暴れまわった。

体の熱が一気に高まり、白い欲望が解放を求めて十和の中でとぐろを巻く。

「——だ、だめ、こず、ちゃ、…放、…て…っ」

生まれた熱は大きすぎて、すぐにでも達してしまいそうだ。

このままでは梢の口の中にあふれさせてしまう。それだけはできないと、十和は懸命にかぶりを振って抗った。いやいやと梢の体を押し返そうとしても、快楽に溺《おぼ》れて腕に力が入らない。

もう、すこしの猶予《ゆうよ》も残されていないのだ。

「あ、いや、も、もう、…イっちゃ――……！」

限界まで高められていた体は、強すぎる快楽に呆気なく陥落した。

解放後の浮遊感に、十和の意識が一瞬霞《かす》む。梢は十和の性液を飲みほし、性器を濡らす残《ざん》滓《し》まで舐め取ろうとする。

「あ、…んっ」

達したばかりの敏感な体を舌で弄られ、またしても甘い声が漏れてしまう。

「だめって、言った、のに……」

十和が息を乱しながら切れ切れに訴えるが、梢は気にする様子がない。

それどころか嬉しそうに、十和の性器にキスをした。

「ひゃっ、」

「十和が可愛くって、我慢できなかった」

梢はそう言って、十和の太股《ふともも》の裏に手を差し入れた。

立てた膝をさらに大きくひらかされ、たまらず十和は赤面する。何度繋がろうとも、体の奥を暴かれる羞恥に慣れることはない。

「あ……」

ひたりと、梢の張り詰めたものを後孔にあてがわれた。

十和を見下ろす、欲望を湛《たた》えた男の目に、体の芯《しん》がぞくりとする。丁寧にほぐされたそこに、男の欲望がすこしずつ穿《うが》たれていった。

「ふっ、ふぁ、あ、あぁ…、ん」

じりじりと中を犯される感覚に、十和はたまらず目をつむる。

一度、経験しているためか、繋がる行為も以前よりずっとたやすい気がした。そんな気がするだけで、実際はどうだかわからない。こうして裸で梢と向き合いながら、冷静でなどいられないからだ。

挿入に合わせて、ゆっくりと息を吐く。

息を詰めるよりもそうするほうがすこし楽だと、いつの間にか体が覚えていた。

「…ん、ふ、…ふぅ……」

すべてをのみ込み、十和はうっすらと目を開ける。

ふっ、と梢が熱い吐息をこぼし、情欲のにじんだ声で告げた。

「繋がってるとこ、やっぱ、エロいね」

「…も、み、見ないでよ、そんなの……！」

接合しているところを観察されているようで、羞恥が激しくなる。薄々気づいていたけれど、梢は変態だ。こんなところを見て、いったい何が楽しいというのだろう。

赤面してあわあわする十和に、梢が楽しげに言う。

「いいじゃん。この前は、そんな余裕もなかったし」

「今は、余裕って、こと？」

こっちはいっぱいいっぱいだというのに！

ますます顔を赤くする十和に、梢が「そうじゃないけど」と軽く舌を絡めてキスをしてきた。

「ん…っ」

「イって終わりじゃなくて、今日は十和とやりまくりたい」

「…っ、その言い方、さい、て……！」

爽やかな人気俳優の皮を被りながら、へんなことばかり言う。

すぐに唇は離れていき、ゆっくりと抽挿が始まった。

一度奥まで埋めた熱が、ゆるゆると引き抜かれていく。ぎちぎちに中を満たす雄が、媚肉と擦れ合いながら動く感触がたまらなかった。

浅い位置まで引き抜かれたものが、またしても奥へと入り込んでくる。

「ふ、…あっ……」

体内を満たすものが、何度も内側を往き来する。

硬く太い雄に、十和の体はたやすく籠絡された。何度も繰り返される抽挿に息が上がり、喘ぎも止まらない。体の熱はすぐによみがえり、果てたはずの性器もいつの間にかゆるゆるとかたちを成そうとしていた。

「は、はあ、」

切れ切れに吐息を漏らしながら、押しよせる悦びの波に耐える。けれど梢の動きは徐々に激しさを増し、やり過ごすことなど難しくなる。

互いの気持ちが通じ合っているとわかっているからか、心が満たされる。わけのわからないうちに果てて終わってしまった前回とは違った。

ただこうして繋がっているだけでも、どうしようもなく感じてしまう。

「はっ、う、…や、あぁ……！」

ぐっとかき回すようにされ、十和は無意識に体を捩った。

やり場のない快感を、シーツに爪《つめ》を立てることでどうにか堪える。ずっずっと肌が擦れ合う音にさえ、十和の体は熱く燃えるようだった。

際限なく与えられる行為に、すぐにふたたびの限界が近づく。完全に兆《きざ》した性器は、蜜をこぼして震えていた。快感に弱すぎる自分の体が恥ずかしいけれど、今は絶頂への期待が勝り、感じる自分を隠すこともできない。

そんな期待とは裏腹に、梢はゆるやかな放物線を描くグラフのように抽挿をゆるめてしまった。

「…っ、や、こず、…ちゃ……？」

望んだ解放が遠くなり、十和の視界が涙でにじんだ。

強く弱く、抽挿の速度も変えながら、気が遠くなるほど責められる。十和が達しそうになるとその動きは緩慢になり、ついに十和の目から涙がこぼれた。

イけそうなのに、ちっともイけない。

先ほど一度達していることもあり、一瞬の激しい快楽だけでは上り詰めるのには足りなかった。自分の体の快感を他人に支配されるもどかしさは、たまらないものがある。ぼろぼろとみっともなく泣いてしまう。

十和の思考はぐずぐずに溶けてしまい、楽になりたいと、それしか考えられなかった。

「こ、梢ちゃん、やだ、も、もう……」

「イきたい？」

「うん、…う、んっ」

涙でうるんだ目で、必死に梢を見上げる。

梢は額に汗を浮かべて、ふっと熱い吐息をこぼして笑った。

「わかってるんだけど、もったいない、ていうか」

「…っ、な、に」

「泣いてる十和の顔、もっと見たくて」

「い、いじわる、へんた、い……っ」

そんな理由で焦《じ》らしていたなんて、ひどすぎる。

「も、もう、…はや、く」

「わかったよ」

梢は拗ねる十和に困ったような笑みを浮かべ、あやすような口づけを落とす。

いじめすぎたと思ったのか、それからは十和のリクエストに応えてくれた。十和の快感を煽《あお》るように、急に行為が激しくなる。十和の反応がもっとも過敏になる場所ばかりを、梢は飽きず責めてきた。

「——ひ、っや、あ、あん！」

先ほどまでとろ火のような快感でくすぶられていた体を、今度は怒濤《どとう》の勢いで穿たれる。あまりの差に、体も頭もついていけなかった。

「だ、だめ、そんな、された、ら…っ」

壊れてしまう。

本気でそんなことを思う自分にも怯えてしまった。

「いいよ、何回でも、イって。空っぽになるまで、してみようか」

「…そ、なの、死んじゃ…、あぁっ！」

十和が抗議しても、梢は追い立てることをやめてくれない。仔羊をがつがつと貪る、飢えた獣のようだった。獰猛《どうもう》な動きで十和のすべてを食らい尽くす。

硬い灼熱《しゃくねつ》で何度も穿たれ、十和はただ喘ぐことしかできなかった。一気に限界まで高められ、くらりと十和の視界が歪む。

「死ぬほど、好きだよ」

「……あ、ああ、や、あ――……！」

愛《いと》しげに囁く低音に、十和の理性は弾け飛んだ。

繋がったまま絶頂を迎え、全身がびくびくとわななく。後孔も激しく収縮し、咥え込んだ梢の性器に食らいついた。

くっと切なげな息を吐いて、梢が二度目の解放を得た十和の中に精を放つ。

射精してもすぐには離れず、梢は汗のにじんだ十和の体を抱きしめた。

「……泣いてる顔、もっかい見せて？」

ちゅ、と甘やかなキスとともに告げられ、十和は耳を疑う。

けれど、変態でもいじわるでも、そんな梢を好きになってしまった十和の負けだ。十和は呆れまじりに笑って「いいよ」と口づけを返した。

＊＊＊

ごくりと固唾《かたず》をのみ、十和は震える指先で自宅の電話機を手に取った。

人気がないことをたしかめて、リビングの隅に隠れるようにして立っていた。梢はまだ二階の十和の部屋で過ごしている。番号を押し、プルル、と鳴る呼び出し音を聞いた。走って逃げ出したくなる気持ちを、ぐっと堪える。

電話の相手は、日和だ。

昨日イタリアへ発ったばかりで慌ただしい最中かもしれないが、それでも話さなければいけないことがあった。

梢と両想いになってしまったことを、日和に黙っているわけにはいかない。

昨日は両親が戻る前に実家を出るつもりだったが、タイミング悪く鉢合わせてしまった。身支度を済ませたあとで不幸中の幸いではあったけれど、泊まっていけという誘いを断れず、梢とともに望月家で過ごすこととなってしまったのだ。

この電話が終わったら、梢と一緒に東京に戻るつもりだ。

心を落ち着けるため深呼吸していると、管理人が電話に出て日和に繋いでくれた。日和の声を聞くとどうしても胸が痛むが、それでも十和は梢を選ぶと決めたのだ。

見送りに行けなかったことを詫《わ》びたあとで、十和は決意して切り出した。

「あのさ、おれ、……日和に、言わなきゃいけないことがあるんだ」

「うん、なに？」

いつもと変わらない日和の声に心がくじけそうになる。

一度大きく息を吐いて、十和はつづけた。

「梢ちゃんと、付き合うことになった」

『……嘘』

「本当なんだ。だから、ごめん」

十和の告白に、電話の向こうで空気が凍りつくのを感じた。

吐く息さえ凍るような緊張の中、ふと、日和がきっぱりと告げる。

『——今すぐ日本に帰る』

予想外の日和の発言に、十和はぎょっとしてしまう。

「なに言ってんの、日和！」

『じゃあ、兄さんがこっちに来てよ。シエナなんて、ローマにでも着けば長距離バスだって出てるし、すぐ来られるよね？』

「簡単に言うなよ。近所のコンビニじゃないんだから」

ちょっとそこまで、と出かけるには、イタリアは遠い。

もちろん、本当は顔を見て伝えるべきことだとわかっている。偶然とはいえ、兄弟で同じ人を好きになってしまった。ふたりとも幸せになることはできないけれど、それでも日和が傷つく姿なんて本当は見たくない。

「日和を傷つけたことは、謝る。でも、……おれはどうしても梢ちゃんのことが好きで、あきらめられなかった」

『僕より、梢ちゃんを選ぶんだ？』

「ごめん」

『許さない』

「……うん、本当にごめん」

冷ややかに告げる梢に、胸が苦しくて涙が出そうになる。

その直後、受話器から聞こえてきた日和の発言に、十和は唖然《あぜん》としてしまった。

『あの男、……絶対に許さない』

「あ、あの男？」

怨念《おんねん》すら感じる日和の怒声に、十和の思考がぴたりと停止する。

『だいたい、借金の形《かた》に兄さんと同居したいなんて、怪しいと思ってたんだよ。兄さんのこと、やっぱり最初から狙ってたんだ』

「もしもし、日和？　……ていうか、そっち、ほんとに日和？」

なんだか方向性がおかしい気がする。

たまらず問いかけると、興奮した日和の声が返ってきた。

『兄さんは、僕の努力をわかってない！』

「へっ⁉」

『今まで僕が、どれだけ苦労して兄さんの周りの蠅《はえ》を払ってきたと思ってるの？』

「ちょ、ちょっと待って、日和、いったいなんの話を……」

『兄さんは自分ではしっかりしてるつもりかもしれないけど、他人を疑うことを知らないし天然だし、放っておけないんだよ。大事な兄さんがへんなのに捕まったらどうしようって、いつも気が気じゃなかったんだから』

子供のときもそうだよ、と日和がつづける。

『兄さんが梢ちゃんに近づかないように、必死になって阻止してた。僕が梢ちゃんといれば絶対によってこなかったから、おかげで僕は梢ちゃんの周りをいっつもうろついてないといけなかったんだよ』

「なんで、わざわざそんなこと……」

『兄さん、梢ちゃんのことが好きだろ？』

カコーンと、フルスイングで頭を打たれたような衝撃を覚える。

驚きのあまり受話器を持ったまま硬直する十和に、日和は容赦なくつづけた。

『十年来の片想いなんて、ほんと、よくやるよ。でも、兄さんが梢ちゃんを好きでも、会えないぶんには留学中のいい虫除《むしよ》けになると思って安心してたんだ。それが、このタイミングで再会するなんて……』

「ちょ、ちょっと待って。日和って、ほんとに梢ちゃんのことが好きなの？　なんか、言い方に愛がないっていうか」

『僕が梢ちゃんのことを好き？　なに、その笑えない冗談』

「だって、日和が言ったんじゃないか！」

『あれは、兄さんが必要以上に梢ちゃんに近づかないように、釘《くぎ》を刺しといただけ。それなのに』

信じられない発言の連続に、十和の脳みそがついていかない。

なんだか昨日から、こんなことばかりが起こっている。

『とにかく、絶対に認めないから。梢ちゃんとは、今すぐ別れて。梢ちゃんの半径百メートル以内には近づくの禁止だからね』

すう、と日和が息を吸い込む気配がする。

『兄さんが、僕以外に優しくするなんて、ありえないからっ！』

耳元で叫ぶように宣言され、十和はたまらず受話器を遠く離した。あまりの声量に、キンと鼓膜が痺れたようになってしまう。

突然の展開に呆《ほう》ける十和をハッとさせたのは、「あらあら」というどこまでものんきな小百合の声だった。

「日和ちゃんったら、あいかわらず十和ちゃんにべったりねぇ」

「そのうち落ち着くさ」

「そうね。それに、そろそろ日和ちゃんも、お兄ちゃん離れが必要な年頃だもの。十和ちゃんに恋人ができて、いい機会だわ」

つい先ほどまで無人だったリビングに、いつの間にか両親が揃っていた。紅茶を手に、のんびりとお茶をしている。

いったい、どこから話を聞かれていたのだろうか。日和の絶叫も、どうやら両親に聞こえていたようだ。さすがに昨日の今日で梢との関係をカミングアウトする気はなかったので、十和はその場で卒倒しそうになった。

「ご、ごめん、日和、つづきはまた後で！」

『え、まだ話は――』

通話の途中で一方的に電話を切り、十和は血相を変えてふたりの元に駆けよる。

「ち、違うから！　今の電話はいろいろ事情があるっていうか、おれと梢ちゃんは、そんなっと、梢くんのことが好きだったもんなぁ」

「正直、父さんはちょっと複雑だけど、梢くんが相手ならしかたないかなと……。十和はず
「十年越しの片想いだなんて、とってもロマンチックだわ。ねえ、パパ？」

必死になって弁解をする十和に、小百合がけろっと言ってのけた。

「あら、隠すことないじゃない」

んじゃ……」


紅茶のカップを手に、孝三がしみじみと言う。

そんな両親の様子に、サーッと血の気が引いていった。

「な、なんで、十年越しとか……」

なんでもなにも、と小百合と孝三が不思議そうに目を合わせた。

「十和ちゃんのお部屋の梢ちゃんグッズ、あんなに大量にあるのに気づかないわけないじゃない。押入れに隠してたって、同じ家に住んでればわかるわよ」

「それに、テレビで梢くんを見てるときも、いつも切ない顔してたしね」

「むしろ、ママたちが気づいてないって思ってたことに驚いちゃったわ」

家族に知られるなんて恥ずかしいと、必死に隠していたつもりが筒抜けだったということだろうか。ショックが強すぎてすぐに立ち直れる自信がない。

「そうだわ、梢ちゃんグッズといえば」

はたと、なにか思い出したように小百合が宙を見上げた。

「な、なに？」

「梢ちゃんが、十和ちゃんの部屋で箱を漁《あさ》ってたけど、見られても平気？」

怒濤の勢いで二階へ上り、自室に駆け込む。

「ひ……っ！」

室内に広がる光景に、十和は声にならない声を上げる。ベッドに座った梢が、梢のポスターや雑誌の切り抜きを箱から出して眺めているのだ。

懐かしいな、と梢が楽しげに微笑んだ。

「すごい量だけど、これ、本当にぜんぶ十和が集めたの？　てか、こっちの俺、若っ！　五年前の映画パンフだから……、二十一のときか」

「や〜〜〜〜っ‼」

十和は湯気でも出そうに真っ赤な顔で、梢の手からグッズの数々を取り返した。

しかし量が多すぎて、すべてを隠すことはできない。これまでの十和の片想い歴を赤裸々《せきらら》に告白しているようなものだ。すでに気持ちは伝えているけれど、こうして物的証拠を並べて検証されるなんて恥ずかしすぎる。

必死に箱にしまいながら、十和は涙目になって訴えた。

「見るなよ、梢ちゃんのバカ！　プライバシーの侵害！」

「なんで、俺の写真なのに？」

「そ、そうだけど……、そうじゃないし！」

けろりと答える梢が憎らしい。耳まで赤くして半泣き状態の十和に、梢がにっこりと目を細めた。

「なにも心配することなんてなかったんだなって、安心したよ。十和の愛も、俺に負けず劣らずディープみたいで」

「ち、ちがっ」

「違うの？」

しゅんと、梢の端整な顔に影が落ちる。

十和はあわあわと口ごもるが、悲しげな梢の横顔に負けて真実を告白する。

「……違わない、けど」

「だよね」

先ほどまでの沈んでいた表情が嘘のように、梢は向日葵《ひまわり》のような明るい笑みを浮かべた。

自信に満ちあふれた物言いに、落ち込んでいた顔は演技だったのだと知る。

こういう人だとわかっていたはずなのに、たやすく騙《だま》される自分が憎い。

せめてひと言でも言い返したいが、目の前で微笑む完璧な男前に、そんな気分は紅茶に溶かした砂糖のように溶けて消えた。悔しいけれど、演技派俳優が自分にしか見せない顔に、

十和の胸はいつだって甘くときめいてしまうのだ。

初めて恋をした人は、昔思っていたような優しいお兄ちゃんではなかった。いじわるだし十和のことをからかってばかりだ。それでもこの気持ちが消えることはない。

だからきっと、これから先なにがあっても、十和は梢を好きでいつづけるのだろう。

十年越しの初恋は、今もなお継続中だ。

仔羊ちゃんもまだまだ腹ペコ

慌ただしく日々が過ぎ、気づけばもう十一月だ。

ハロウィンから冬めいた内装へと色を変えた映画館の売店に、十和《とわ》は梢《こずえ》と一緒に並んでいた。

梢は普段よりもカジュアルな服装に、ウール素材のキャップと眼鏡《めがね》でプチ変装をしている。

平日ながら適度に混んでいるためか、今のところ周囲に気づかれてはいないようだ。

まさに正真正銘、ごくふつうの『デート』だ。

気安く楽しい雰囲気に、十和の心は浮き立っていた。

芸能人の恋人と遊びに出かけることなんて、男女では噂《うわさ》に繋《つな》がる恐れがあるため難しかっただろう。男同士でよかったかもしれないなんて、やくたいもなくそんなことを思う。

売店でドリンクとポップコーンを購入しながら、梢がかすかに苦笑した。

「本当に『アンフェア・ゲーム』がいいの?」

「ここまで来て、まだそんなこと言ってるの? ぜったいに『アンフェア・ゲーム』だよ! 梢ちゃんが主演の映画、公開になるのすっごく楽しみにしてたんだから」

「でも、出演してる映画を十和と一緒に観るなんて、気恥ずかしいっていうか」

「今日はおれの好きなところに連れていってくれるって、そう約束してくれたのは梢ちゃんだよね？」

「それを言われると勝てないよな」

往生際の悪い梢に向かって、十和は手渡されたポップコーンを片手にズイッと迫る。梢は目深《まぶか》に被ったキャップを直し、肩を竦《すく》めて笑った。

十年越しの片想いを経て、十和が梢と恋人になることができたのが今から一ヶ月ほど前のことだ。夢心地で幸せの絶頂期にいるふたりだけれど、人気商売の梢は多忙な日々がつづき、デートらしいことが一度もできていなかった。

本当は、先週、久しぶりのオフ日ということで一緒に出かける約束をしていたが、それも急な撮影が入り流れてしまった。仕事なので無理は言えないとわかっている。それでも楽しみにしていたぶん、落ち込む気持ちはどうしようもない。

そんな十和を元気づけようとしてか、「次のオフはどこでも好きなところに連れていく」と梢が提案してくれた。

この映画デートは、その約束あってのことだ。

「ちょうど、予定が合ってよかったね。もし、梢ちゃんのオフが明日だったら、おれは朝から授業で遊びにいけなかったから」

「十和も最近は学校で忙しそうだもんね」

いたずらっぽく言う梢に、十和もくすりと笑った。

「そういえば、刑事役って、一昨年《おととし》のドラマ以来だっけ。サスペンス大作だって人気もあるみたいだし、今からわくわくしてる。海外のシーンもあるなんて、豪華だよね」

「香港とイタリアと……、あとはパリでも撮影があったけど、そっちは俺は出番がなくて行けてないんだ。ていうか、撮影のスケジュールが鬼すぎて、現場以外はどこにも行けなかったんだけど」

「そうなんだ」

そう話す梢に、十和は上機嫌で答える。

撮影自体は半年以上も前に終わっているらしい。本当は先週の公開初日に観にいきたかったが、梢と一緒に観たくて我慢していた。

ただ、自身が出演しているとはいえ、梢が十和との鑑賞を恥ずかしがるなんてすこし意外だった。夏に放映されていた梢出演のドラマを観ていたときも、照れるような素振りは一度も見せなかったのだ。

観客の評判も上々なようだし、自信満々にとは言わなくても、梢ならばむしろ自分から進んで出演作を観に行こうと誘ってくるかと思っていた。

十和は隣を歩く梢を見上げ、遠慮がちに尋ねる。

「もし、本当に嫌なら、べつの映画にしてもいいよ?」

「いや……」

やはり、どこか歯切れの悪い答えが返ってくる。

梢は複雑そうにしながらも、すぐに笑ってうなずいてくれた。

「いいよ、約束だしね。映画、絶対おもしろいって自信あるし、観たいって言ってもらえて嬉しいから」

そう話す梢の表情には曇《くも》りがなく、先ほどまでとは打って変わって爽《さわ》やかなものだ。

なんだろう。言葉にするのは難しいけれど、なにかが心に引っかかる。

十和が小首をかしげていると、『アンフェア・ゲーム』開場のアナウンスが流れ、思考がパッと宙に散った。梢に促されて予約していた席に着くころには、映画への期待感が募り、そんな疑問は消えていた。

ふっと、会場の照明が消える。

いよいよ始まるのだと胸が高揚感でいっぱいになった。いくつかの予告が流れ、ついに映画本編が始まる。バババ、と激しい音とともにヘリが高層ビルすれすれを旋回するオープニングから入り、それからは一気に映画の世界に引き込まれた。

サスペンス大作という評判の通り、ハラハラドキドキの連続でひとときも目が離せない。クールな切れ者刑事役の梢と犯人の仕掛ける謎の攻防から、徐々に事件のスケールが大きくなっていく。

相棒役としてダブル主演を張る女優を始め、脇役に至るまで出演陣が豪華だけれど、その中でも梢の存在はひときわ輝いて見えた。恋人という立場も多分に影響してそう感じるのかもしれないが、それを抜きにしても役にはまりきっている。

その最中、相棒の女刑事の姉が、事件に巻き込まれて命を落としてしまった。悲しみと静けさに満ちた悲愴なシーンに、十和まで苦しくなってしまう。

目元でふくれ上がり今にもこぼれそうだった涙が、次の瞬間引っ込んだ。

失意のどん底にいる相棒に、梢がスクリーンの中で口づけを始めたからだ。

キスだけではない。梢は女優の着ているスーツに手をかけ、その肌をあらわにしていく。女優の体はうまく見えないように撮影されているが、かなり濃厚なラブシーンだ。

『好きだ。……おまえの姉のかたきは、必ず取る。おまえと、ふたりで』

クールな刑事が初めて苦渋に満ちた表情を浮かべ、相棒の女を激しくかき抱く。他の誰かを愛する梢の姿を大スクリーンで見てしまい、十和の胸にもやもやとした黒い感情が生まれた。

これは俳優としての仕事だ。演技だ。

本当に、自分以外の誰かを好きだと言っているわけではない。

頭では理解しているが、感情はそう簡単にいかなかった。映画にのめり込んでいたこともあり、梢の真に迫る愛の演技がとても嘘《うそ》だと思えないのだ。これまでも、梢のこんなシーンはドラマや映画で目にしてきたけれど、ここまで濃密なものは初めてだった。

隣に座る梢が、今どんな気持ちでいるのかはわからない。

なんとなく、その表情をたしかめることが怖くて顔を向けることができないからだ。それに、ラブシーンに心を乱していることを、梢に知られたくはない。

――もしかして、梢はこのシーンを見せたくなくて一緒に観ることに乗り気ではなかったのだろうか？

そんな考えが浮かび上がり、ますます十和の心は落ち着かなくなるのだった。

午後八時、梢とともにマンションに帰りつくが、ぐったりと疲れてしまった。

映画の後、オープンしたばかりのエスニック料理店で食事をしている間も鬱屈《うっくつ》した気分は晴れず、平静を装うのが大変だったのだ。せっかく美味《おい》しいと評判だからと梢が連れていってくれたのにと、そんなことにも気落ちする。

梢が映画でラブシーンを演じたことを、責めるつもりも権利もない。梢は梢で、俳優としてしっかり役を演じただけなのだから。

「十和、どうかした？」

「え――」

リビングに入るのと同時に顎《あご》に指をかけられ、軽く唇を押しあてられた。梢の唇《くちびる》の温かさに、十和はキュッと目をつむった。

ふいを突かれ、十和は息を止めてキスを受ける。

両方のてのひらで優しく頬《ほお》を包まれ、ひとしきりキスをしてから唇が離れていった。十和が目を開けて見上げた先に、困ったように笑う梢の顔がある。そんな表情にどきりとして、十和はなにを言えばいいのかわからなかった。

「店でも上の空だったし、俺の顔、ぜんぜん見てくれないよね？」

「そんなことない、けど」

「……意地っ張りだな、十和は」

梢はあきらめたように笑って、ふたたび唇を重ねてきた。

舌が口内に入り込み、歯列の裏を刺激される。素直ではない十和に意地悪をするように、今度はきつく舌を吸い上げられた。濡《ぬ》れた音を立てて搦《から》められ、頭の中に痺《しび》れるような熱が生まれる。

梢のキスはずるい。

意識がとろけてしまって、梢のことしか考えられなくなるのだから。

「…ん、う」

あまりに濃い口づけに膝《ひざ》が震えてくずおれそうになるが、梢が抱きとめて支えてくれる。

そのままソファに押し倒され、顔の角度を変えて互いに深く舌を重ねた。

梢のキスは、徐々に十和の首筋へと移っていく。

シャツをひらき、音を立てて吸い上げられると背筋がぞくりと震えた。

「十和の口も首も、つるつるしててすごく気持ちいい。こんなにきれいな肌《はだ》の人なんて、他になかなかいないよ」

梢にとってはなんでもないひと言なのだろう。けれど今の不安定な十和の心を逆撫《さかな》でするには充分だった。映画のラブシーンを観たせいもあり、他人の肌との比較を連想させる言葉に、胸の辺りがじくじくと痛む。

十和はやんわりと、首筋に埋められた梢の顔を押し返した。

「肌がきれいとか、そんなこと言われても嬉しくない」

「十和?」

「……なんか、他の誰かと比べてるみたいっていうか、今日の映画にも、そういうシーンがあったばっかりなのに、なんか嫌だ」

そう口に出した瞬間、後悔した。

この感情は嫉妬だ。自覚があるからこそよけいに胸がざわついて落ち着かなくなる。梢を責められるようなことではないと、ちゃんと理解していたはずなのに。

十和はきゅっと唇を引き結び、そろそろと梢を見返した。

「ごめん、わがまま言って……、って、わっ！」

すべてを言い終わるより早く、梢の腕が伸びてきてきつく抱きしめられた。窒息《ちっそく》させる気かというほどの力に、十和は腕の中でむせてしまう。

「こ、梢ちゃ…、くるし……！」

「あー、もう、なんだよそれ、可愛いすぎ！　てか、めちゃくちゃ嬉しい！」

可愛い、と何度も言ってキスの雨を降らせてきた。いてもたってもいられないというように、十和を抱きしめて口づけをしてくる。

なんだか、喜んでいるようにも見える。梢の行動が理解できず、十和はぽかんとしてしまった。仕事に理解のないことを言って、てっきり不快にさせたと思っていたのに、どうしてだろう。

「なんで、梢ちゃん、……怒らないの？」

「怒るわけないじゃん。だって、ヤキモチ妬いてくれたんだろ？　嬉しすぎて空飛べそう。今なら台本の長台詞《ながぜりふ》も一発で憶《おぼ》えられるかも」

心底嬉しそうに言って、梢はようやく顔を上げた。

目元を赤く染めながらも、真面目な口調で十和に告げる。

「正直言うとさ、今日の映画もそうだけど、十和にラブシーンを見られるのは複雑だったんだ。たとえ仕事でも、おれが十和以外の人を触ってるところを見て嫌われるんじゃないかって、ちょっと怖くて」

「嫌いになんて、なるわけないよ」

十和は驚いて反射的に答えた。

子供のころからずっと好きなのだ。今でもこんなに好きでたまらないのに、十和が梢を嫌になるなんて想像もつかない。それに今回の映画ほどでないとはいえ、これまでの出演作にもそうしたシーンはときおりあった。今さらといえば、今さらなのだ。

それでも、梢の不安を取り去ろうと、十和は言葉にしてしっかりと伝えた。

「演技をしてるときの梢ちゃん、いつもの百倍かっこいいんだよ。梢ちゃんは、いつだって信じられないくらい完璧だけど、その百倍だから！　知るほど、どんどん好きになって、びっくりするくらい」

ありがとう、と愛《いと》しげに目を細め、梢はふいに真剣な顔になった。

「ああいうシーンは二度と撮らないって、言えなくてごめん」

「ううん、当たり前のことだから。妬いたりするようなことじゃないってわかってるし、それが梢ちゃんの仕事だもん」

そう言って、十和はいったん言葉を区切る。

自分を抱きすくめて見下ろす梢の様子を、ちらりと窺《うかが》う。数秒、言葉にするべきかどうか逡巡《しゅんじゅん》するが、心を決めて梢を見上げた。

「でも、……ひとつだけ、お願いしてもいいかな」

「いいよ、なんでも」

嬉しそうに表情をとろけさせる梢に、十和は顔を真っ赤にして願いを告げた。

「映画であの人にしてたのより、もっといっぱい……、おれにしてくれる？」

「……っ」

言葉にしてねだるには、あまりに勇気のいることだった。言い終わるころには、沸騰するケトルのように全身から湯気が出そうな勢いだ。

梢がぐっと顔を歪め、体をくの字に折り曲げる。十和に覆いかぶさったまま一時停止された動画のようになって、ぴくりとも動かなくなった。

「こ、梢ちゃん？」

「……ヤバかった、十和の言葉責めでイかされるところだった」

「えっ、ち、ちが……！」

「ていうかさ！」

わっ、と声を上げる間もなく、またしても梢に抱きしめられる。

「触ってなんて、言われなくても触り倒すに決まってるだろ」

「あっ」

慣れた手つきであっという間に衣服を剝《は》がれ、そのまま梢に足を大きくひらかされる。

尻を高く引き上げられ、ふだんは隠れた奥の窄《すぼ》まりを晒《さら》すような格好に、平気なままではいられなかった。しかも、梢は衣服をすこしも乱していないのだ。

「梢ちゃん、おれだけ裸なんて……、っあ」

しかし抗議をする間もなく、ひたりと尻になにかが触れた。

臀部《でんぶ》に与えられたのは、梢のすらりとした指ではない。暖かく濡れた別の感触だった。体の奥でぴちゃりと蠢《うごめ》くそれに、びくりと十和の太股《ふともも》が震える。

十和の足の間の埋もれているのは、梢の整った美しい顔なのだ。

「だ、だめ、…梢ちゃん、そんな場所……っ」

もう何度もその場所で繋がっているけれど、至近距離で眺められ、そのうえ舌で舐《な》められるなんて信じられない。性器を口で愛撫《あいぶ》されることは、最近ようやく受け入れられるようになったけれど、こんな場所はさすがに想像を絶している。

十和は慌てて梢から逃れようとするが、強い力で広げた足を固定されて適わなかった。弱々しい抵抗をみせたところで、なんの意味もない。

梢は十和の尻たぶをぐっと割りひらき、内側の赤い媚肉《びにく》まであらわにさせた。ひくひくと震える内部に舌を這《は》わせ、硬い入口を解《ほぐ》していく。

「…っん、や、あ、あ」

飽きることなくじゅくじゅくとしゃぶられ、体の奥にジンと淡い痺《しび》れが広がる。浅い部分で抉《えぐ》るように舌を出し入れされると、どうしようもなく腰が揺れた。

全身をとろけさせるような丁寧な抽挿に、十和の下肢《かし》も見る間に硬くなっていく。

触られてもいないのに、射精感が急激に育っていった。さざ波のような悦《よろこ》びに体が溺れていく。

いつの間にか梢の手は十和の両足から離れていた。それなのに、体の内側で目覚めはじめた快楽に、足を閉じることができない。それどころか自分から梢の舌を追いかけるように、ゆらゆらと腰を上下させていた。

「十和の腰、揺れてる……、気持ちいいんだ」

「や、あっ、そんなん、じゃ……」

「隠さなくていいよ。ほら、こっちも濡れてる」

つん、と兆《きざ》しきった性器の先に触れられ、十和の背中が仰《の》け反《ぞ》る。こぷりと悦びの蜜《みつ》が十和の先からあふれ、羞恥で目の前がくらくらした。

それでも、十和の体は欲望に貪欲だった。激しく嬲《なぶ》ってくれる梢の舌を、十和はたしかに求めているのだ。痙攣《けいれん》し、ギュッと足先まで引きつらせながら、梢の丁寧な愛撫にうっとりと身を任せた。

「んう、はっ…、はぁ…」

猥《みだ》りがわしく震え、やわらかくとろけた後孔《こうこう》から、梢がようやく顔を離す。

ほっと安堵する間など与えられず、すぐに滾《たぎ》った雄芯《ゆうしん》をあてがわれた。しゃぶりつくされ敏感になっているためか、先端が触れるその熱さにも激しく反応する。

ぐっと先のふくらみが、十和の中に潜り込んでくる。十和がふっと息を吐くタイミングを見逃さず、梢はその雄を奥深くへと侵入させてきた。

「ひっ、ん——……！」

狭い洞をぐいぐいと広げながら、梢の雄が十和の体の中を満たしていく。繋がる瞬間、十和の媚肉を擦《こす》りながら進むものの圧迫感に、どうしようもなく全身がわなないた。

ぎゅっとつぶった目に涙が滲む。

「ひゃ、あ、あ…、こずえ、ちゃ、…あぁっ！」

「可愛い、十和」

梢の声に、十和はうっすらと目を開けた。それを合図にするかのように乳首を摘《つま》まれ、甘い疼きで十和の体をとろけさせた。

「…あっ、あん」

くにくにと何度も捏《こ》ねまわされ、ふいに弾かれ、引っかかれる。不規則に繰り返される胸への愛撫にも、十和の意識は白く霞んでいった。

同時に穿《うが》たれていた腰をゆっくりと引かれ、たまらなく肌が粟立つ。内壁をずりずりと擦るように引き抜かれ、あふれつづける十和の先走りがさらに勢いを増した。

梢が慣らすようにすこしずつ、丁寧に抽挿をはじめる。体の奥にもじりじりと、甘く熱い熱が生まれた。

ゆっくりとした抽挿が、徐々に速度を上げていく。抜き差しに合わせて浅く呼吸を繰り返すが、翻弄《ほんろう》されるばかりで楽になることはない。

腹をかきまわすように激しく攻められ、たまらず甘い嬌声《きょうせい》が上がった。

「ひゃ、あ、あう…っ！」

過ぎる快感に、どうにかなってしまいそうだ。けれど、この快感を与えているのが梢ならば、おかしくなっても構わない。もっと、梢でいっぱいにしてほしい。

ぐちゅぐちゅと後孔を刺激され、十和は朦朧《もうろう》と喘ぎつづけた。特に、十和のもっとも弱いふくらみを狙い澄まして擦られると、途方もない悦びが全身を駆け抜ける。

ひらきっぱなしの唇の端から唾液があふれるのを、拭うことすらできなかった。

すき、と、嬌声にまじって、昂ぶった感情が声になってあふれる。

「すき、…どうしよ、梢ちゃん、だいす、き、くるし…、くらい」

ぼろぼろと快楽に泣きながら訴えた。胸の中でどうしようもなくふくらむ想いを、梢に伝えずにはいられないのだ。梢のことが好きだ。この世界中の、誰よりも愛しい。

梢はそんな十和に、何度目ともしれない口づけを落とす。

額に汗を滲ませながら、ふっと愛しげに目を細めた。息も荒い。そうしてこちらを見下ろす男の色香に、くらりと酔いしれてしまう。

「俺だって。好きすぎて、どれだけ抱いても、ぜんぜん足りない。朝も夜もずっと、十和とこうしていられたらいいのに」

「あ、はっ…、脳みそ溶けて、馬鹿に、なっちゃ……っ」

がくがくと繋がった体を揺さぶられながら、十和は梢の背中に手を伸ばす。

力が入らず震える手で縋《すが》りつくと、梢がきつく抱きしめてくれた。全身を梢の温もりに包まれ、十和を満たす悦びがさらに大きく花ひらく。

十和をさらに追い詰めるように、梢が腰の動きを激しくした。同時にもっとも感じるところを容赦なく擦り上げられ、目の前の世界が真っ白になる。

「や、あっ、あっ、梢、ちゃ……っっ！」

恍惚と全身を震わせながら上りつめていく十和の耳朶《じだ》に、梢はぎゅっと唇を押しあてる。そのまま耳元で吐息まじりに笑い、囁《ささや》いた。

「馬鹿になっちゃえ」

「ひゃ、あ、あ――……！」

梢に追いあげられるまま、十和は快楽の飛沫を放つ。

愛する人に愛される喜びに十和はうっとりと酔いしれる。果てた体を包むその温もりだけが、今の十和に必要なすべてだった。

カーテンの隙間から朝日の差し込む寝室に、哀れな仔羊《こひつじ》の声が響く。

「なんで起こしてくれなかったの⁉」

「十和の寝顔に夢中で、時間が経つのに気がつかなかった」

「気がつかないって、もう十時過ぎてるのに……、ていうか！　先に目を覚ましてたなら、声くらいかけてくれてもいいだろ」

がばりと上体を起こした十和を、梢はベッドに横になったままで見上げていた。

顔面蒼白な十和とは対照的に、梢はすこしも悪びれずに頬杖をついてきらきらしく微笑《ほほえ》んでいる。

昨夜の梢はいつも以上に激しく、窓の外が白々と明るくなるまで十和を放してくれなかった。意識が朦朧とするまで求められ、「いっぱいしてほしい」などと口にしたことを後悔したほどだ。

濃すぎる夜に、本当に脳みそが溶けてしまうかと思った。

おかげでこんな時間までこんこんと眠りこけてしまい、セットしていた携帯のアラームもまったく聞こえなかった。寝坊するなんて、普段の十和ならばありえないことだ。

今から行ったところで、ひとコマ目はすでに始まっていて間に合わない。それでもこのまま休むわけにはいかないと、十和は大慌てでベッドを降りた。

梢は半泣き状態の十和を眺め、シーツにくるまったまま大あくびをする。

「そんなに慌てなくても大丈夫だって。俺も、雑誌の取材、十一時からだし」

「梢ちゃん、それ、全然大丈夫じゃないっ。のんきにしてないで、早く準備しないと！」

十和は自分のことも忘れてベッドに戻り、懸命に梢の腕を引く。梢もさすがに仕事に遅れる気はないようで、手際よく身支度《みじたく》を整えていった。

ふたりして超特急で準備を終え、嵐のような勢いで部屋を後にした。

「いってきます！」

「いってきます」

そうして玄関を出る間際、ふたりの声がぴたりと重なる。

そのあまりのハモり具合に、思わず互いに目を見合わせていた。きょとんと、どこか無防備な梢の表情に、十和は急いでいたことも忘れて噴き出してしまう。

ふっと張り詰めていた朝の空気がやわらぎ、どちらからともなくキスをした。

これから先、どのくらい、梢とこんなキスを繰り返すのだろう。

——それはきっと、数えることなんて不可能なくらい。

重ねるだけのキスに甘い幸福を感じながら、ふたりの新しい一日は始まるのだった。

こんにちは、もしくははじめまして。

このたびは拙作をお手に取ってくださり、ありがとうございます！

今回のお話のテーマは、「可愛く！」「甘く！」「ラブく！」です。

攻めの梢には、受けである十和を思いっきり溺愛してもらおうと目論んだのですが、十和のことを好きになればなるほど、彼は気の毒な役回りになってしまった気がします。芸能人なのに、イケメンなのに、年上なのに、十和を振り回しているつもりで逆に振り回されているような……。

そのぶん、十和への愛情は本物です！

特に本編後の短編は、私の作品の中でもかなりラブ度の高いお話となりました。水飴にお砂糖をまぶしたくらい甘々です。梢ももちろんですが、十和だって再会前から梢のことが好きで好きでたまらなかったので、想いが通じ合った今、燃え上がるふたりを止めるものはないのです。私にも止めることはできませんでした（笑）

今後も顔を合わせるたび（いや、離れていても）「十和、好きだよ」「おれも梢ちゃんが大好き！」とバカップルを炸裂させているに違いないです。末永くお幸せに。

そして、弟の日和について。

バイオリニストでヤンデレでブラコン。無意識のうちに私の三代萌え要素がギュギュッと詰まったキャラクターになっており、自分でも驚愕しております。だけど、彼ならもっともっとブラコンをこじらせることができるはずだと確信しております。彼には、ぜひこの道をまっすぐ進んでほしいです（笑）

そんなキャラクターたちを、緒田涼歌先生のイラストで素敵に彩っていただけて本当に感動しております！　特に、カバーイラストの恥じらっている十和の表情には、パソコンの前で悶絶してしまいました。可愛いです！　本当にありがとうございました。

そして今回も、担当編集者様には大変お世話になりました。いつも丁寧なアドバイスやご感想をくださるので、執筆中もとても心強いです！　次はどんなお話でご一緒させていただけるか、今から楽しみです。これからもどうぞよろしくお願いいたします。

最後までお付き合いくださった読者様にも、この場でお礼を申し上げます。

それではまた、どこかでお会いできますように。

田知花　千夏

✦初出　仔羊ちゃんはそろそろ食べ頃……………書き下ろし
仔羊ちゃんもまだまだ腹ペコ……………書き下ろし

田知花千夏先生、緒田涼歌先生へのお便り、本作品に関するご意見、ご感想などは
〒151-0051 東京都渋谷区千駄ヶ谷 4-9-7
幻冬舎コミックス　ルチル文庫「仔羊ちゃんはそろそろ食べ頃」係まで。

幻冬舎ルチル文庫
仔羊ちゃんはそろそろ食べ頃

2015年5月20日　第1刷発行

✦著者　田知花千夏　たちばな ちか

✦発行人　伊藤嘉彦

✦発行元　株式会社 幻冬舎コミックス
〒151-0051 東京都渋谷区千駄ヶ谷 4-9-7
電話 03(5411)6431［編集］

✦発売元　株式会社 幻冬舎
〒151-0051 東京都渋谷区千駄ヶ谷 4-9-7
電話 03(5411)6222［営業］
振替 00120-8-767643

✦印刷・製本所　中央精版印刷株式会社

✦検印廃止

ISBN978-4-344-83450-7　C0193　Printed in Japan